U0024097

《現代》之後

施蟄存

一九三五～一九四九年創作與思想初探

之後

王宇平 著

《最後一個老朋友——馮雪峰》手稿謄印件

1934 年攝於上海

1936 年攝於杭州行素女子中學

1939 年攝於雲南大學

1940年與戴望舒（中）、周煦良（左）攝於香港

1940年攝於香港

1944 年與長子攝於福建

北山樓藏書票

施蟄存自書簡歷

施蟄存藏書票

施蟄存無相庵藏書之券

施蟄存譯《戴亞王》自存勘誤本

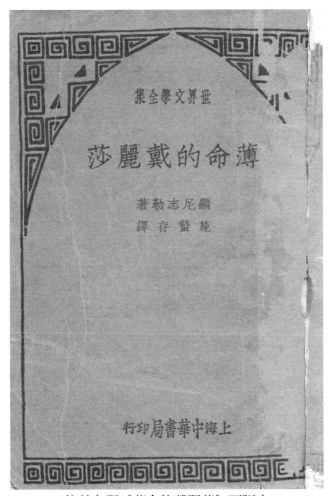

世界文學全集

薄命的戴麗莎

顯尼志勒 著

施蟄存 譯

上海中華書局印行

施蟄存譯《薄命的戴麗莎》再版本

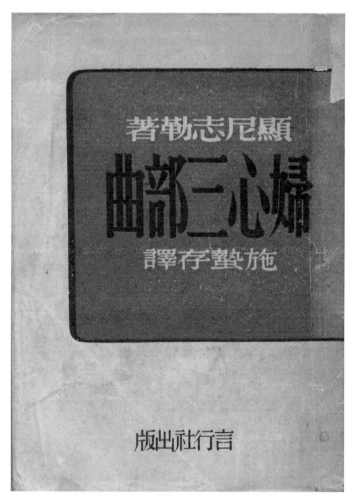

施蟄存譯《婦心三部曲》重版本

目　次

引言 1

　　欲知後事如何？

第一回 5

　　欲揚自由意，文海騰波終起蟄

　　亦稱左翼人，殊途未必不同行

第二回 27

　　越淮而為枳，山川間阻罕同聲

　　我志在宏文，浮漚煙水隨天盡

第三回 51

　　豈只稻粱謀，徵言述行期道延

　　老驥難伏櫪，謫居猶記寰宇志

第四回 79

　　還鄉撫瘡痍，待整旗鼓恢文德

　　海瀆起塵囂，獨行孤掌意闌珊

餘論 91

　　且待下回分解？

附錄一：《文飯小品》目錄 97

附錄二：《活時代》目錄 105

附錄三：施蟄存編《大晚報》副刊〈每週文學〉、〈剪影〉目錄 ... 111

參考文獻 141

引言

欲知後事如何？

　　如果可以給人生做一個線性的描繪的話，在很多人眼裏，施蟄存在現代文學史上的高峰、他人生的高潮都在 1935 年之前。他的新文學生涯以「滋味清新何所擬」的《上元燈》奠基，《將軍的頭》、《梅雨之夕》和《善女人行品》三本小說集子開創了文壇上別具一格的「心理分析小說」，後來的研究者更給他冠以「現代小說先驅」、「第一個真正意義上的現代派作家」的名號。他的編輯活動從最早的同人刊物《瓔珞》，經由《文學工場》、《無軌列車》、《新文藝》的歷練，1932 年起主編大型文藝刊物《現代》而達到了頂點。1934 年 11 月，《現代》雜誌第 6 卷第 1 期出版後，施蟄存與杜衡同時辭去《現代》雜誌的編務[1]，1935 年 1 月，由於資方的矛盾，現代書局已成為「被剝掉血肉的骷髏」[2]，如此形勢，施蟄存覺得在此「已毫無希望」[3]，於是，他正式退出了現代書局。

　　這是一個許多人講述過的、我們熟悉的、一路昂揚著高潮迭起的施蟄存的故事，這樣的「戛然而止」或許真是一種文學史講述上的「方便」，或者，「恰到好處」。但我卻忍不住流連在這「戛然而止」處，我甚至從無邊的臆想中聽見了施蟄存背後的現代書局的大門關上的聲音。這「正式退出」是怎樣的場景，我無從細述；他離去時的背影，我也無從描摹；他彼刻的心情，我更不敢妄加揣測，我的目光，帶著疑惑也帶著期待，追隨著他的腳步。

　　關於施蟄存，我的探究就是從這一刻開始的，這一年也恰巧是他的而立之年。「表獨立兮山之上」，作為一個中國現代文學史上已然卓成一家而又承受過文壇主流和文壇領袖批判的重要的文學

[1] 《現代》雜誌在易主的三期之後，也難以為繼，宣告了結束。
[2] 〈我和現代書局〉，《沙上的腳跡》P65，遼寧教育出版社，1995 年。
[3] 〈《現代》雜憶〉，《沙上的腳跡》P57，遼寧教育出版社，1995 年。

家，而立之後的施蟄存不可避免地帶上了幾分「中年」的況味。相較於他在後來以中國古典文學教授名世，以及 1990 年代之後以「中國現代派鼻祖」的身份「出土」，這「中年」，上不及「青年」的鮮亮，下難抵「老年」的澄澈，它灰撲撲地，叫人一不小心就忽略過去，即便駐了足，也非即刻了然。

那麼，後來，他究竟怎樣了呢？

上海、昆明、河內、香港、長汀……，施蟄存輾轉奔波、屐痕處處，面對著知交舊友分分合合，他是怎樣堅持著自己的立場、維護著自己的理想？作為一個熱愛文學、維護文學的獨立性又不能忘懷於現實的文學家，他所標舉的「文藝上的自由主義」和「政治上的左翼」在他心中是如何消長、互相影響的，他怎樣取得這兩者之間微妙的平衡？他對自己早期心理分析小說的放棄，是否就是一種對當時文壇主流的屈服，我們能否探知到另一個也許是更深層、更真實的原因？對於一個幾乎被定格為「現代派作家」的人，我們能否翻過他「洋」的一面，看到他對現代文學大眾化、民族化的努力？在中國文學現代化和民族化路上，施蟄存有過怎樣的嘗試，他的嘗試又處在怎樣的位置？他說「海濱塵囂吾已厭」，且「一肩行李賦西征」之後，怎樣由「文學」的施蟄存變成了「學院」的施蟄存？抗戰八年的輾轉中，他得到了什麼、失去了什麼、堅持了什麼、又改變了什麼？抗戰後回到上海的施蟄存，就僅僅是大學裏的一個古典文學的教授嗎？歷史的煙塵裏有著他怎樣的鮮為人知的經歷？

這一連串急促的提問似乎都要將「《現代》之後的施蟄存」導向另外一個人，從而去講述一個「新故事」了，但，這是同一個施蟄存，是我們熟知的「老故事」之後未完的探究，是我在一點一滴的史料積累、一點一滴的理解和感動之上，雖不一定準確卻用心勾

畫出來的施蟄存;「欲知後事如何?」──我所希冀的也並不僅僅是一個完整的「故事」,我期待透過他更多地瞭解和思考上個世紀三、四十年代的中國和上海、社會與文壇;我期待,到最後,我能體悟到在「灰撲撲」中逐漸清晰、在「徘徊」後愈加堅定的一個現代文學家的精神。而這,這會是一個剛剛起步的文學研究者得到的最好的禮物。

　　說是「《現代》之後的施蟄存」,我卻不能不常常提到《現代》之前和《現代》時期的施蟄存,畢竟,這是同一個故事。

第一回

欲揚自由意，文海騰波終起蟄
亦稱左翼人，殊途未必不同行

　　引言裏已經說到 1935 年 1 月某日，施蟄存卸下《現代》雜誌主編之重任，跨出書局大門。他一介書生，從事過的職業無外乎是學校老師和書局編輯兩種，都是他在學校讀書時心目中的理想職業，他自己概括說：「跨出學校門就進書局門，跨出書局門就進學校門」[1]。這回，當他從那些繁重的編務和終不能免的論爭中脫身出來，並未很快地去謀個教職，人就這樣閒了下來，可心中總是有些念想的。當他在老東家張靜廬新辦的上海雜誌公司遇見以前向他表達過辦散文雜誌願望的康嗣群，開口就問：「怎麼樣？還想辦雜誌嗎？」

　　「還想辦雜誌」的是康嗣群，更是施蟄存，《文飯小品》應運而生。號稱「負無限責任」的上海雜誌公司老闆張靜廬恰也在場，一口應承該公司甘為《文飯小品》代理發行事務。施蟄存就這樣做了《文飯小品》的發行人，也是後來實際的編者。發行者、編者和支持者的初衷都為自己辦雜誌「可以任性」、「可以不受拘束」，同時出幾期便廢刊的心理準備也是有的，「廢刊儘管廢刊，已出的幾期總是舒舒服服的任意的出了。」[2]

　　《文飯小品》與施蟄存在 1934 年 6 月創刊，僅出版兩期便停刊的《文藝風景》一樣，是「以輕倩見長的純文藝月刊志」，其深層的心理原因，甚至包括他離開《現代》，都可在〈《文藝風景》創刊之告白〉[3]中略見一二：「回想兩年前為現代書局編創刊號的《現代》雜誌的時候，對於我國的文藝雜誌曾經有過一個自以為很完美

---

[1]　〈教師與編輯〉，《北山散文集》P476，華東師範大學出版社，1996 年。

[2]　〈《文飯小品》發行人言〉，《北山散文集》P1188，華東師範大學出版社，1996 年。

[3]　〈《文藝風景》創刊之告白〉，《施蟄存序跋》P12-14，東南大學出版社，2003 年。

的理想。」「兩年來的編輯生涯，就是在永遠的希望中過去了。」，他把《現代》稱為官道，《文藝風景》則是林蔭下的小路，「我不過是多一個追逐理想的路徑而已。」《現代》創刊號中關於「不是同人雜誌」、「不預備造成任何一種文學上的思潮、主義或黨派」的宣言，他此刻看來，已是多餘，「倘若是一個並不希望文藝作品對於讀者會發生文藝本身所有的以外的效果的編輯，他的雜誌是不需要宣言的。」施蟄存在這裏所謂的對於文藝雜誌的「很完美的理想」，要點有二：一是該刊物應該是一個綜合性的、百家爭鳴的萬華鏡；二是所刊載文章的選擇標準是屬於文學作品本身的價值方面的。他盡自己最大的努力，使《現代》成為獨立的、公共的文學雜誌。然而，隨著 1932 年 7 月起，蘇汶（杜衡）在《現代》雜誌上挑起的關於「第三種人」的論戰不斷升溫，1933 年 10 月又發生了施蟄存與魯迅沸沸揚揚的「《莊子》、《文選》」之爭，一直力圖保持中立和旁觀姿態的施蟄存竟贏得「洋場惡少」名和左翼人士的「圍剿」，他孤軍作戰，「差不多每天都看見《自由談》上有對於我正面指教，及帶便指教的文章或字句」，[4] 施蟄存深知「凡是動了意氣的爭辯文字，寫的時候總是爽快的，但刊出了之後不免要後悔」，[5] 但他堅持認為自己的主張並無錯處，面對如此大規模「一邊倒」的爭辯，難免不甘，奮力突圍。雙方都使用了攻擊性的話語，施蟄存對魯迅所謂「洋場惡少」的指責還以「豐先生所謂的無端的誣賴，自己的猜測，撒嬌，裝傻，又正好留著給自己寫照了」[6] 的憤慨之語。這場對施蟄存一生的的思想和命運都影響重大的論爭，孰是孰非，留待

4　〈關於圍剿〉，《北山散文集》P434，華東師範大學出版社，1996 年。
5　〈突圍〉，《北山散文集》P425，華東師範大學出版社，1996 年。
6　〈突圍〉，《北山散文集》P431，華東師範大學出版社，1996 年。

後文再表，施蟄存與魯迅及一干左翼人士由此造成的感情裂縫之大，卻是不容置疑的。

這場論爭不但影響了《現代》雜誌的威信，「從第 4 卷起，《現代》的銷路逐漸下降，每期只能印兩三千冊了。」[7]對施蟄存的傷害和打擊更是他一生中的刺。那噩夢一般無處與人說的「被圍剿」的情境，加上胃疾的復發，使得他「精神大為委頓」，[8]他在 1934 年 7 月給戴望舒的信中寫道：「這半年來風波太大，我有點維持不下去了，這個文壇上，我們不知還有多少年可以立得住也。」[9]先前《現代》雜誌上所謂的「儒墨何妨共一堂」的局面固然辛苦地維持著，但施蟄存對此的期待和信心已大打折扣，他敏銳地感受到當時左翼文壇的壓力，許多討論遠遠超出「文藝」或「學術」的範圍，被無限擴大化了，就像先前的那場爭論是「把我的事情放在顯微鏡下看了。」[10]

我們的目光還是回到 1935 年的《文飯小品》上來，如果說在經歷了 1933 年與魯迅論爭並被左翼「圍剿」的重大「心理風暴」之後，兼及杜衡的加入使《現代》「趨於嚴重整肅」[11]，他對《現代》這條「官道」失去了信心，《文藝風景》是他在官道旁另設的一條追求自己文藝理想的林蔭小路，到創辦《文飯小品》之時，施蟄存已是棄了「官道」，只求一口尚可自由吃的「文飯」了。話雖如此，憑藉著他的勤勉和《現代》時期建立起來的編輯號召力，《文

---

[7]　〈我和現代書局〉，《沙上的腳跡》P64，遼寧教育出版社，1995 年。
[8]　〈關於圍剿〉，《北山散文集》P434，華東師範大學出版社，1996 年。
[9]　〈致戴望舒〉，《北山散文集》P1546，華東師範大學出版社，1996 年。
[10]　〈關於圍剿〉，《北山散文集》P436，華東師範大學出版社，1996 年。
[11]　〈《文藝風景》創刊之告白〉，《施蟄存序跋》P13，東南大學出版社，2003 年。

飯小品》創刊號中大家雲集：周作人、林語堂、李廣田、張天翼、戴望舒、阿英、鄭伯奇、林庚等均是文壇上舉足輕重的人物，沈從文對此頗為看好：「《文飯小品》編者能努力，且知所以努力，刊物有希望。」[12]但實際上，施蟄存的這口「文飯」吃得異常艱難，這其中當然有經濟上的原因，他在〈發行人言〉中就說明「我這個發行人是與普通雜誌發行人不同的。既無本錢，亦不想賺錢，更沒有什麼背景。」第4期上的〈本刊出版衍期道歉〉更是說到：「脈望出版社窮得連職員都沒有，一切事情都由本人以餘暇為之……一切校對發行等事，亦均由鄙人為之。」施蟄存如此苦幹，到第4期的時候，銷量也只有四千份。[13]沈從文後來有信問及：「《文飯小品》據不知誰某說已累您不小，行將停刊……實情是如何？……出版單獨出版刊物，失敗是必然的事。你在南方算老行家了，怎麼連一個小小的刊物也不易支持？甚古怪。」[14]沈從文身在北平，對上海種種皆想當然耳，自然覺得古怪。三十年代初，雖然「小品熱」席捲文壇，但對此的批評之聲自始至終未絕於耳，上海尤盛。施蟄存在這「偉大」盛行之年，辦起這「以文謀飯」的小品文雜誌，他在文藝上自由主義的立場是如此的鮮明乃至「刺眼」，無論如何，是有點「逆流而上」的味道了。因此，《文飯小品》上的文章引起他與左翼刊物《太白》[15]和《文學》之間夾槍帶棒的爭論也就不足為奇。

[12] 沈從文〈談談上海的刊物〉，《沈從文全集‧17》P92，北岳文藝出版社，2002年。
[13] 〈彼可取而代也〉，1935年5月30日《文飯小品》第4期。
[14] 沈從文〈手跡：致施蟄存〉，1945年6月1日《朝霧──文藝叢刊之四》。
[15] 《太白》半月刊（1934年9月～1935年9月），上海生活書店發行，陳望道主編，配合左翼文藝運動，專刊載雜文和小品文，與當時提倡「幽默」「閒適」的小品文對壘。

　　《文飯小品》第 1 期上，施蟄存針對《茅盾小說集》所謂「創作的典範」的廣告標語說了幾句「閒話」，認為：「創作」與「典範」是死冤家，如要「創作」，絕無「典範」，如有「典範」，則絕非「創作」。就事論事，施蟄存的批評未嘗沒有道理，但他指名道姓拈出左翼大將茅盾的作品集來，自是觸動了左翼人士的神經，引得聞問先生在《太白》半月刊第 11 期上撰文，劈頭蓋臉就來一句：「曾經勸青年去讀《莊子》、《文選》的施蟄存」[16]，且聲稱施蟄存的出版社要印的也是《莊子》、《文選》之類的書籍，施蟄存的憤怒和反感，可想而知，再作〈何謂典範〉一文回擊。看完電影《服爾泰》之後，他先是對路易十五由衷感歎：「這樣的皇帝，比之於目下一切疑心種種攻擊自己的文章都出於某一個敵人之手的文壇先輩社會聞人來，似乎畢竟還高明得多。」又讚賞服爾泰寫時事文章不署名：「沒有使這種有宣傳作用而缺少文藝價值的東西羼入他的全集中去」[17]，施蟄存文中所針對的人和事，知情者無不一目了然，於是激起了《太白》雜誌第 2 卷第 4 期周木齋作〈雜文的文藝價值〉來批駁，給他扣上「反對雜文」的帽子，施蟄存亦毫不退讓，再寫同名文章回敬之，強調「絕不是每一篇雜文都有文藝價值的──縱然它有何等大的社會價值」。

　　不僅如此，施蟄存又「代人夾纏」，與《文學》雜誌的「水先生」戰了三回合。和《太白》一樣由上海生活書店出版發行的《文學》雜誌自 1933 年 7 月創刊伊始，就與《現代》雜誌處於競爭狀態，所刊載的文章常常是你來我往、針鋒相對的。水先生在 1935

年 4 月《文學》雜誌第 4 卷第 4 號的「社談」欄中發表〈說「需要」〉一文，回應《文飯小品》第一期上露醒先生的〈文藝雜誌之多〉，認為該文所發的議論分明是指向《文學》雜誌的。5 月《文飯小品》第 4 期上，施蟄存一口氣寫了三篇文章〈代人夾纏〉、〈「過問」〉和〈彼可取而代也〉反駁，火氣十足。其實，這水先生，不是別人，正是《文學》一直以來的幕後支持者、左翼大將茅盾是也。

　　茅盾是施蟄存在上海大學就讀時的歐洲文學史的老師，施蟄存和戴望舒與其妻舅孔另境交好，大學時幾乎每星期都上茅盾家去，茅盾待他們也是非常親切隨便。1929 年秋，施蟄存、戴望舒與劉吶鷗創辦《新文藝》，彼時正從「牯嶺到東京」潛心文學創作的茅盾將自己的三篇散文交給了他們發表。施蟄存主持《現代》雜誌期間，茅盾更是發表了〈春蠶〉、〈徐志摩論〉等許多重要文章。從目前可見的一些通信來看，他們保持著亦師亦友的良好關係。從施蟄存對《文學》雜誌背景的瞭解程度和文章字裏行間所透露出的資訊來看，他很可能知道「水」就是茅盾。他在文中以《子夜》和《啼笑因緣》做對比，按照水先生的邏輯，運用歸謬法，得出「《啼笑因緣》是『真』的文學，『好』的文學，而《子夜》卻比較是『假』和『歹』的了」，並說這是「以子之矛，攻子之盾」。即便如此，施蟄存仍毫不客氣地開火，他以《文學》雜誌為靶子寫〈彼可取而代也〉，聲明：「然而鄙人終不欲取者，原來也是想保持一點自由意志，不讓它被那位文藝狄克推多[18]壓榨殆盡耳。」[19]今天看來，這場論爭有意氣用事、斷章取義、糾纏於細枝末節之嫌。茅盾對此，

---

[18] 即英文「dictator」，意為「獨裁者、專制者」。
[19] 〈彼可取而代也〉，1935 年 5 月 30 日《文飯小品》第 4 期。

未有回應，此番文字「切磋」也就告一段落。施蟄存似乎憋著一股氣，兀自越戰越勇，他看到《太白》上《莊子》和《文選》被列為「不得不讀之重要名著」，立即在《文飯小品》第 5 期上撰文要求「冤獄賠償」。

　　綜觀施蟄存發表在《文飯小品》上的雜文，幾乎篇篇引起論爭或與人論爭，他此刻的姿態與他先前面對「第三種人」的論爭，竭力避免牽涉其中大不相同，也和他的名字「蟄存」以及後來自詡的「棉花」性格[20]並不一致。1933 年的「《莊子》、《文選》之爭」和他出版《文飯小品》這段時間，施蟄存都是孤軍作戰，以張揚的姿態奮力突圍和反擊。後者說到底是前者的餘緒，施蟄存同魯迅先生一樣，也有著一股傲然之氣，當他走出了《現代》，那曾經伴隨著《現代》創刊而生的理想也漸漸縹緲，可是，他一定要為自己爭取話語空間，爭取一份「表達」的自由，不能因為面對文壇領袖，面對強大的左翼陣營，就喪失了說話的勇氣。

　　《文飯小品》在 1935 年 7 月 31 日出版完第 6 期後，久久不見下文。直到這一年的 10 月，由戴望舒主編的《現代詩風》創刊，施蟄存仍任發行人，在創刊號卷首語中，對《文飯小品》有所交代：「已經廢刊」，「又是鄙人的一次失敗」。他對於這個新雜誌的前景也不抱希望，情緒較之《文飯小品》初創時更是大大低落了，「說不定又是一注虧本生意，鄙人因為自己也不敢擔保它的壽命，所以這回不再預定了。」[21]在三十年代中期強大的左翼話語面前，施蟄存倔強地

20　《世紀老人的話──施蟄存卷》P10，遼寧教育出版社，2003 年。
21　〈《現代詩風》創刊號卷首語──《文飯小品》廢刊及其它〉，《施蟄存序跋》
　　P18，東南大學出版社，2003 年。

竭力要發出自己的屬於「文藝」的聲音，然而，在這巨大的時代的喧囂裏，他的聲音漸次微弱下去，《現代詩風》一期之後便告終結。

在發行《文飯小品》的同時，1935 年 4 月由施蟄存選輯的《晚明二十家小品》由周作人題簽，上海光明書局出版。說起三十年代的「晚明小品熱」，它發端於周作人的〈中國新文學的源流〉一文，又經林語堂所辦的《論語》、《人間世》大力推崇，一時之間，頗成氣候。魯迅對於這些只是「小擺設」的小品文素無好感，發表在《現代》上的那篇〈小品文的危機〉就顯示了他鮮明的立場。施家世代儒生，施蟄存也深受傳統文化薰染，有著很深的古典文化修養，「談論談論晚明，倒也歷有年所。近來因為朋友阿英尤熱心於此，影響所及，不覺格外有興致。」[22]他的這一「興致」，除了自己以往的關注、朋友的影響，與他在「《莊子》《文選》之爭」後的受挫心理也是不無關係的。在這又氣又冤，舊疾復發之際，風趣雋永的晚明小品不啻為一劑清神益智的良藥。

晚明小品有許多「品行」，或玩世不恭、或放浪形骸、或追求現世享樂等等，不一而足。吸引施蟄存的卻是一群「隨時在受指斥和攻擊」的「正統文學的叛徒」，「在政治上，這二十個人中間，大半都不曾做過顯赫一時的官；在文學上，他們也沒有一個曾經執過什麼文壇的牛耳。但是，因為對於顯宦之反感，而有山林隱逸思想，因為對於桎梏性靈的正統文體的反感，而自創出一種適性任情的文章風格來，使晚明的文章風氣為之一變」，施蟄存這段時間以來的遭遇，使他感到左翼那強大的乃至「霸道」的聲浪充斥著文壇，其他文藝思想易受攻擊，難以置喙，而晚明時期「這種文人相輕，不

---

[22] 〈過問〉，1935 年 5 月 30 日《文飯小品》第 4 期。

估量一下對方的真價值，而一昧以冷嘲熱諷為攻擊之資的情形，正與三百年後的今日一般無二。」[23]他敬重並追求這些明人任性自由、剛正不阿的風骨，給這個選本加了點他認為「目下卻是重要」的「載道」的氣息，以此來緩解他所感到的當時文壇的壓抑之氣，是「賞心的排遣」[24]。顯然，施蟄存願意來作這個容易遭人譏諷的選家，一是為稻粱謀的生計問題（他從不諱言這一點），二是借這些晚明小品的酒杯澆自己之塊壘，在這些明人身上投射自己一直追求的獨立自由、適性任情的精神。

在這之後的近一年時間裏，施蟄存又陸續校點了上海雜誌公司「中國文學珍本叢書」中的《宋六十名家詞》、《金瓶梅詞話》、《白石樵直稿》、《翠樓集》、《晚香堂小品》和《徐文長逸稿》。施蟄存主編並參與校點的這套叢書出版後，立即有鄧恭三撰文批評說：「計畫之草率，選學之不當，標題之謬誤。」[25]施蟄存作〈關於中國文學珍本叢書──我的告白〉一文給予回應：「現在，過去錯誤已經是錯誤了，我該承認的我也承認了，該辯護的希望讀者和鄧先生相信我不是詭辯。」施蟄存不憚於擔「復古」或「選家」的惡名，究其原因，他所承認的「養生主」即生計問題自是首位，但也有個人志趣的選擇，這不因魯迅先生對他的批評而有所改變，似乎還給了他反向的推動力。他在上述的回應文章中，又忍不住忿忿然道：「但是雖然出醜，幸而並不能算是造了什麼大罪過。因為充其量還不過是印出了一些草率的書來，到底並沒有賣了別人的靈魂與血肉來為

<hr>

[23]　《《晚明二十家小品》序〉，《施蟄存序跋》P66-67，東南大學出版社，2003 年。
[24]　〈過問〉，1935 年 5 月 30 日《文飯小品》第 4 期。
[25]　鄧恭三（鄧廣銘）〈評中國文學珍本叢書第一輯〉，1935 年 11 月 4 日《國聞週報》12 卷 43 期。

自己的養生主，如別的一些文人們也。」[26]施蟄存此時的說話實在是意氣用事，削減了他這番告白的誠意。對於這套叢書的編撰，他後來作詩云：「圈點古書非易事，從來章句有專功。謬本流傳吾滋愧。魯魚亥鼠患無窮」。[27]

施蟄存的這些文學活動，魯迅是一直關注的。1935 年 5 月 5 日 2 卷 4 期的《太白》上，有他署名「旅隼」的文章〈京派和海派〉，諷刺幫閒幫忙（即京派與海派）近來都不景氣，於是兩界合辦，端出「京海雜燴」來了。他用來奚落和嘲諷的兩個例子，正是上述施蟄存做的兩件大事。他寫道：「實例，自然是瑣屑的，而且自然也不會有重大的例子。舉一點罷。一，是選印明人小品的大權，分給海派來了；以前上海固然也有選印明人小品的人，但也可以說是冒牌的，這回卻有了真正老京派的題籤，所以的確是正統的衣缽。二，是有些新出的刊物，真正老京派打頭，真正小海派煞尾了；以前固然也有京派開路的期刊，但那是半京半海派所主持的東西，和純粹海派自說是自掏腰包來辦的出產品頗有區別的。要而言之：今兒和前兒已不一樣，京海兩派中的一路，做成一碗了。」他這裏所說的「老京派」是指周作人，「新出的刊物」是指《文飯小品》，「小海派」當然就是施蟄存了[28]。1935 年 12 月 30 日寫成的〈且介亭雜文序言〉，魯迅將施蟄存歸為「和雜文有切骨之仇」的「前第三種人」，在這後一天寫成的〈且介亭雜文二集後記〉，又提及他一直耿耿於

---

[26] 〈關於中國文學珍本叢書——我的告白〉1935 年 11 月 25 日《國聞週報》 12 卷 46 期。
[27] 〈浮生雜詠・七十五〉，《沙上的腳跡》P217。
[28] 《文飯小品》1935 年 4 月 5 日第 3 期中首篇文章是知堂（周作人）的〈食味雜詠注〉，末篇恰是施蟄存的〈無相庵斷殘錄〉。

懷的關於施蟄存向國民黨當局「獻策」[29]一事，心存不屑，怒目以對。1936 年 1 月《海燕》月刊第 1 期和第 2 期中魯迅的〈題未定草〉都指出《中國文學珍本叢書》的錯誤和不足，另有〈文人比較學〉一文對他〈我的告白〉一文中的忿然之語作反駁：「中國文人有兩些、一些，是充其量還不過印出一些草率的書來，別的一些文人們，都是出賣了別人的靈魂和血肉來為自己養生主的，我們只要想一想別的一些文人們，就知道施先生不但並不能算是造了什麼大罪過，其實還能算是修了什麼兒孫福。但一面也活活地畫出了洋場惡少的嘴臉──不過這也並不是什麼大罪過，如別的一些文人也。」對此，施蟄存沒有公開的回應文章，他忙著做些古書的校點、外國書的翻譯，養家糊口，茲事是大，偶爾也寫點散文和小說。那個冤憤難平，警覺著豎起渾身刺來的施蟄存，看起來是漸漸平靜下去了。

1936 年 7 月，施蟄存膽疾復發，遵醫囑至杭州修養。10 月，應女子行素中學之聘，任語文教師。每週日上午，施蟄存必去古董茶商會所處的湖濱喜雨台茶樓，邊飲茶邊賞玩各地所出文物，天地

---

[29] 關於這「獻策」一事，施蟄存自己講（見 2003 年 11 月 27 日《社會科學報》第 896 期第 6 版張芙鳴〈執著的「新感覺」〉：「有一年，國民黨召開出版部門會議，我和趙景深也參加了。會上，他們說，出版物要先行檢查，才能出版。我也對此很不滿，說了句類似氣話『那你們檢查好了！』會後，不知怎麼傳到魯迅耳朵裏去了。」這一傳，或許是傳走樣了。魯迅在〈且介亭雜文二集後記〉中寫道：「不知道何月何日，黨官，店主和他的編輯，開了一個會議，討論善後的方法。著重的是在新的書籍雜誌出版，要怎樣才可以免於禁止。聽說這時就有一位雜誌編輯先生某甲，獻議先將原稿送給官廳，待到經過檢查，得了許可，這才付印。
文字固然決不會「反動」了，而店主的血本也得保全，真所謂公私兼利。」這「獻策」一說中的「某甲」指的就是施蟄存。這個關於「獻策」的誤解，很可能就是使在這之前與施蟄存友好往來的魯迅對他的看法發生根本轉變的關鍵所在，魯迅將施蟄存歸到投靠政府的「反動」一途中去了。

清明，時光悠悠，在上海的那些劍拔弩張的往事都在湖光山色中迷濛和久遠起來。

　　上述的一段「煌煌」論爭史，施蟄存置身其中，與魯迅及其他左翼人士的緊張對峙，一波未平，一波又起，將他那文藝上的自由主義者的姿態沖刷得格外鮮明：他強調文學的獨立性，否定文學狹義的近利的顯在功用，追求文學的審美性、多樣性和超越性。他和魯迅的「交惡」尤其引人注目，雖然他晚年淡然說道：「魯迅先生能批評我，我也能批評他的」[30]，雖然事情也許本該就這麼簡單，但在複雜的歷史情境中，一切簡單不得，施蟄存終要「留著瘡疤給人挖弄了」[31]。

　　若要「話說從前」，施蟄存與左翼卻是大有淵源的：他 1923 年考入上海大學，這看似簡陋的「弄堂大學」，精神卻是全國最新的，「在中國新文學史和中國革命史上，它都起過重要作用」[32]，年輕的施蟄存在這裏接觸到茅盾、瞿秋白、田漢等後來的左翼大家，他很喜歡這座學校，為師生艱苦奮進的精神所感，寫過一篇〈上海大學的精神〉登在《民國日報》上[33]；1926 年秋，他與戴望舒、杜衡一起加入共產主義青年團，1927 年「四一二」政變之後，國民黨上海黨部在 1927 年 9 月 6 日的《申報》上公布共產黨嫌疑分子名單，施蟄存、戴望舒、杜衡三人赫然在列；大革命失敗，局勢緊張，施蟄存與馮雪峰、戴望舒、杜衡隱避松江，忙於寫作、翻譯、

30　《世紀老人的話——施蟄存卷》P68，遼寧教育出版社，2003 年。
31　〈大器晚成〉，1937 年 9 月 1 日《大晚報・復刊兩周年紀念特輯》。
32　《世紀老人的話——施蟄存卷》P35，遼寧教育出版社，2003 年。
33　〈上海大學的精神〉，1923 年 10 月 23 日《民國日報・覺悟》。

編輯地道的左翼刊物《文學工場》；這之後，施蟄存與劉吶鷗等人
辦的「第一線書店」和半月刊《無軌列車》也因宣傳「赤化」被禁
止；他們籌備的第二個書店「水沫書店」，不但出版了左翼作家柔
石和胡也頻的著作，而且計畫出版馬列主義文藝理論叢書《科學的
藝術論叢書》，魯迅參與了策劃，叢書第四種正是魯迅譯的盧那卡
爾斯基的《文藝與批評》，水沫書店的雜誌《新文藝》也曾以左翼
刊物的姿態出現；在施蟄存主編《現代》時期，更是刊登了大量左
翼作家的作品，與他們多有往來，他經常向魯迅約稿，魯迅的許多
重要文章如〈為了忘卻的紀念〉、〈小品文的危機〉就是發表在《現
代》上的。對左翼的文藝理論家馮雪峰，施蟄存一直感念不已，認
為馮雪峰是瞭解他的思想狀況的，「他把我們（指施蟄存、戴望舒
和杜衡三人）看作政治上的同路人，私交上的朋友。」[34]

　　施蟄存在概括自己與同為共青團員的戴望舒、杜衡的時候，除
了「文藝上的自由主義」，他還提出了「政治上的左翼」[35]。說到
「左翼」，在中國現代文學史上，我們通常是從外延來定義的，主
要是指倡導無產階級革命文學的、以 1930 年成立的「左翼作家聯
盟」為中心的作家，我在本書中除了施蟄存所謂的「政治上的左翼」
這個提法外，提到的「左翼」或「左翼人士」都是這個意義上的。
施蟄存與他們有淵源有關聯，但顯然又不屬於他們，施蟄存為何最
終沒有成為一位左翼作家，而選擇了自由主義的文學立場？他所謂
的「政治上的左翼」指的究竟又是什麼呢？

---

[34] 〈最後一個老朋友──馮雪峰〉，《沙上的腳跡》P129，遼寧教育出版社，
1995 年。
[35] 〈為中國文壇擦亮「現代」的火花〉，《沙上的腳跡》P181，遼寧教育出版
社，1995 年。

　　關於施蟄存與左翼的「擦肩而過」，他自己也曾在文章中多次談及。首先，左翼是與無產階級革命相連的，選擇了左翼也就選擇了一種與當時的國家政權激烈對抗的立場和生存方式，「我們（指施蟄存自己和戴望舒、杜衡）自從『四一二』事變以後，知道革命不是浪漫主義的行動。我們三人都是獨子，多少還有點封建家庭的顧慮」[36]，在「自我保全」或者是「獨善其身」這一層意義上，施蟄存等人選擇了與左翼保持距離；而同時，左翼最初存在的關門主義傾向，也使得施蟄存他們這樣一批青年作家未能與左翼文壇很好的溝通和融合，施蟄存說：「我覺得我們是左派，但是左翼作家不承認我們。」[37]；第三，也是更重要的一點，從施蟄存的生活圈子、生活經歷、以及深密而複雜的教養來看，他所吸收的多種思想營養、所受到的多種文化教育決定了他的精神意旨和文化趣味是多方面的。他從小受到良好的傳統文化的薰陶和啟蒙，青年時代廣泛涉獵各種文藝書籍和刊物，受到蘇俄和英美兩種不同民主精神和文學思想影響，前者啟發了他的革命熱情，後者教給他自由觀念、獨立人格和寬容性情。施蟄存說：「在文藝活動方面，也還想保留一些自由主義，不願受被動的政治約束。」可見，在這方面，他更多地保留了自由主義知識份子的思想個性，希冀文學的獨立、開放、多元。第四，施蟄存經過一些文學創作上「向左轉」的嘗試和努力[38]，

---

[36] 〈最後一個老朋友——馮雪峰〉，《沙上的腳跡》P129，遼寧教育出版社，1995年。

[37] 〈為中國文壇擦亮「現代」的火花〉，《沙上的腳跡》P181，遼寧教育出版社，1995年。

[38] 這裏指的是施蟄存1930年創作的普羅小說〈阿秀〉和〈花〉，分別載於《新文藝》1卷6期和2卷1期，〈阿秀〉後被收入1933年11月出版的小說集《善女人行品》。

清醒地認識到自己的的生活內容、思想感情使得他的創作內容跟無產階級文學之間存在很大區別，即使「儘管你意志堅強地把自己的意識形態轉變了過來，但這一支筆下所寫出來的文章總免不了雕琢鏤刻矯揉做作的痕跡」。[39]他說：「我明白過來，作為一個小資產階級的知識份子，他的政治思想可以傾向或接受馬克思主義，但這種思想還不夠作為他創作無產階級文藝的基礎」，[40]而真正的無產階級左翼文學，還是要那些無產階級的「小沙彌」來建設，比如沙汀，他「徹頭徹尾地是一個沙彌出身的左翼作家」，他雖然也用各種各樣的文學技巧，但他的小說卻不隸屬資產階級的文藝領域中間，關鍵在於「他維持得住他的意識，也維持得住他的文學」[41]，這一點施蟄存認為自己是很難做到的。

由於上述種種仍恐尚未窮盡的原因，施蟄存終未能成為一個左翼作家，但在他的觀念裏，他與左翼不是「擦肩而過」，而是「並肩前行」的，他似乎非常認可馮雪峰將他們（指施蟄存、戴望舒、杜衡）作為「同路人」的觀點和期望，施蟄存認為他們標舉的是「政治上的左翼」。他的「左翼」理由，試揣測之，大致有三：一是他們青年時代與左翼的接觸和往來，並且加入了共產主義青年團，戴望舒和杜衡都參加了左聯的成立大會，施蟄存自己是因為恰巧回松江，未能知曉而錯過；二是他們與當時的國家機器疏離不合作的態度，張靜廬選定施蟄存來主編《現代》，原因之一就是施蟄存「和國民黨沒有關係」[42]，施蟄存主編的《現代》不拒絕左翼作家作品，

---

[39] 〈一人一書（下）〉，《北山散文集》P949，華東師範大學出版社，2001 年。
[40] 〈我們經營過的三個書店〉，《沙上的腳跡》P22，遼寧教育出版社，1995 年。
[41] 〈一人一書（下）〉，《北山散文集》P949，華東師範大學出版社，2001 年。
[42] 〈我和現代書局〉，《沙上的腳跡》P61，遼寧教育出版社，1995 年。

但是卻不接受國民黨作家及作品。杜衡掀起「第三種人」的論爭，1940 年在香港又投奔了國民黨，施蟄存多次表達了遺憾和失望。施蟄存曾說：「雪峰對蘇汶（即杜衡）作為同路人的期望，多少有點幻滅」，他和戴望舒始終堅守了遠離國民黨政權的立場，在這一點上，無愧於馮雪峰「同路人」的期許；三是對現實社會強烈的責任感，這一點的確是左翼的凸出特質之一。當時的左翼作家，不同於學院派知識份子有國家在背後的支持，他們大多在「亭子間」從事寫作，生活很不安定，對社會矛盾有強烈的感受，渴望變革，是社會上的活躍分子。施蟄存也是從文學青年起步的「亭子間作家」[43]，在生存狀態和具體感受上與他們有共通之處，施蟄存曾在《現代》的「社中座談」一欄中寫道：「我們願意盡了一個文藝雜誌所能做的革命工作，……對於一般安於逸樂，昧了危亡，沒有看見中國社會的種種黑暗、沒落、殘頹景象的有希望的青年們，我們願以《現代》為一面警惕的鏡子，使他們多少從這裏得到些刺激和興奮，因而堅定了他們的革命信仰，這就是我們的目標了。」[44]可見，他不是一個只沉湎於個人感受和「為藝術而藝術」的作家，他一直積極地通過創作、編輯等文學活動介入社會、思考人生。

　　這裏的「政治上的左翼」顯然是被貼上了施氏標籤，具有特定施氏內涵的。它包括以開放的態度對待左翼，不涉及文藝觀點情況下與左翼人士友好交往；並且不趨附於當時右翼的國家政權，疏離不合作；最重要也最核心的是它凸出了對現實社會強烈的責任感，施蟄存不忘現實、關注社會，在這個意義上，他覺得自己的立場是

---

[43] 施蟄存語，參見《世紀老人的話——施蟄存卷》P77，遼寧教育出版社，2003 年。
[44] 1933 年 8 月 1 日《現代》3 卷 4 期。

與中國最廣大的人民大眾站在一起的，也就是政治立場上的「左」。施蟄存這種「文藝上的自由主義」和「政治上的左翼」[45]是不被大多數左翼作家承認的，「他們一是不能接受，二是不能瞭解」[46]。這種自成一說的「施氏說法」不被接受和瞭解是一回事，它卻在事實上存在於施蟄存的心中，並且貫穿了他的思想和創作。

施蟄存將「文藝上的自由主義」與「政治上的左翼」並舉，在他那裏，有一個「文學」與「政治」的區分。文學和政治本來分屬於人的不同的精神層面，兩者沒有必然的邏輯從屬關係，文學與政治發生關係，主要在於主體的自我意識與自我選擇。施蟄存想要追求的是一種政治理性與文學審美的和諧共生。他不耽於個人的狹窄天地，強烈的社會關懷意識促使他關注中國的、世界的現實，用文學實踐來思考社會和人生，正如他自己所說：「一個作家創作生命最重要的基礎是：國家、民族、土地；這些是他創作的根，是無法逃掉的」[47]，同時，他堅持自己獨立的文學上的追求和文學的開放性，不讓急切的政治訴求抑制和傷害了文學本身，反對文學上的「黨同伐異」。

當然，在同一個主體身上的「文學」和「政治」不可能截然地劃分，它們互相影響，共同決定主體的行為。詹明信說：「人們應從審美的開始，關注純粹美學的、形式的問題，然後在這些分析的終點與政治相遇」[48]，「文藝上的自由主義」的施蟄存必然會在他

---

[45] 後文中標有引號的「政治上的左翼」都是包括上述三層含義在內的「施氏說法」。

[46] 〈為中國文壇擦亮「現代」的火花〉，《沙上的腳跡》P182，遼寧教育出版社，1995 年。

[47] 〈中國現代主義的曙光〉，《沙上的腳跡》P166，遼寧教育出版社，1995 年。

[48] 詹明信，《晚期資本主義的文化邏輯》P7，北京三聯書店，1997 年。

的文學創作和文學活動中體現出他所謂的「政治上的左翼」；而施蟄存「政治上的左翼」也不可能與他的文學創作隔絕開來，它作為一種潛藏在施蟄存文學創作中的「政治無意識」，會「力求通過邏輯的排列組合從它不可容忍的封閉中找到一條出路，找出一種解決辦法」[49]，這必然會影響到施蟄存「文藝上的自由主義」創作的方向和內容。

　　如果我們就「文學」和「政治」的區分進一步追問，可以注意到，當他作出這一區分，提出了「政治上的左翼」的說法，他針對的是左翼文學過分強調和追求文學的政治功利性，他反對為了表現與無產階級大眾趨同的意識而統一標準，泯滅了文學的個性和多樣性，施蟄存的思想的深處其實是一個根深蒂固的自由主義態度，他竭力維護的是文學的獨立性。他「政治上的左翼」固然不容否認，但他的自我意識裏更時刻警惕著政治對文學的影響乃至壓制，為他「文藝上的自由主義」開道。

　　釐清了施蟄存對社會、對文學的基本態度和他思想中「文學」和「政治」這兩條交纏著的線索，我們再拾起前面的話頭來。

　　時間在施蟄存平靜的授課、寫作和譯書生活中悄然滑過了。由於日本的虎視眈眈、蠢蠢欲動，侵略戰爭的烏雲漸漸壓來，密布於中國上空。1937 年夏，抗日戰爭全面爆發，上海的局勢日益緊張，經朱自清介紹，施蟄存應雲南大學新校長熊慶來之聘，準備前往昆明。孰料「八一三」淞滬戰爭爆發，施蟄存被困松江老家，生活危難窘迫，

---

[49] 弗雷德里克‧詹姆遜（即詹明信）《政治無意識》P11，中國社會科學出版社，1999 年。

他念念於西行，關注戰爭局勢，誦無衣之詩，切同仇之感，作《同仇日記》。9 月輾轉杭州，得以成行，自此「一肩行李賦西征」，途經浙贛湘黔四省，日逾兼旬，備歷艱辛，又作《西行日記》。施蟄存以一種柔順而又積極的姿態迎接這文化人的更是全民族的艱難時世。

　　在這外敵入侵、全民族同仇敵愾、愛國熱情和民族主義前所未有地高漲之際，施蟄存所謂的「政治上的左翼」中的社會責任感、家國責任感自然得到了強化。在自身的顛沛流離中，他飽含激情又不失理性分析上海抗戰的意義，指出其作用固然包括能牽制華北的一部分兵力，但更重要的是要以此明世界之視聽，「為了把我們的抗敵決心及能力表示於世界，為了要把帝國主義的暴行呈顯給全世界，我們應該在上海應戰」[50]；1938 年 3 月 27 日「中華全國文藝界抗敵協會」在漢口成立，施蟄存是 45 位理事之一；1938 年的「八一三」抗戰紀念日，他特地撰文〈抗戰意志從今天凝固起〉[51]，慰藉一年來的全民奮鬥精神，「尤其慰藉我們在這一年中畢竟沒有妥協、軟化和屈服下去」，他強調要把這種堅毅的精神保持到最後勝利的獲得。在這樣的時刻，施蟄存的「心靈確已被抗戰這偉業侵佔了」[52]，他即使用最直白的話語，其中包含的巨大的真摯的民族主義的情感力量，也能深深地感染和鼓舞人心。

　　八年抗戰，使得大多數知識份子走出都市和「象牙塔」，在顛沛流離、艱辛困苦中更廣泛地接觸群眾，更深刻地體味社會，施蟄存也是這樣，他在這一時期寫的〈跑警報〉、〈米〉、〈三個命運〉、〈他

---

[50]　〈上海抗戰的意義〉，原載 1937 年 9 月 30 日《宇宙風．逸經．西風非常時期聯合旬刊》第 4 期，《北山散文集》P511，華東師範大學出版社，2001 年。
[51]　〈抗戰意志從今天凝固起〉1938 年 8 月 13 日作，《北山散文集》P527-528。
[52]　〈抗戰氣質〉，1940 年 6 月《薄鳧林雜記》，見《北山散文集》P532。

要一顆鈕扣〉等文章都取自戰時的現實，充滿了社會關懷又洋溢著民族自信與樂觀。對於群眾的力量，他有了深刻的感受和思索，在〈羅曼羅蘭的群眾觀〉一文中，他談道：「我很覺得羅曼羅蘭的見解是高明的，因為他並不否認群眾是盲目的、混沌的、昏暗的，這一點，他與莎翁相同。然而他以為他們卻是一個大力量，而且他們的行動是對的……對於群眾的理解，我想沒有比這意見更透徹的了。雖然表面上彷彿是一個矛盾似的」[53]作為一個「政治上的左翼」的知識份子，施蟄存在這時候切身體會到人民的力量，把自己跟最廣闊的中國社會現實聯繫起來。

抗戰勝利後，施蟄存回到上海，計畫寫一個長篇《浮漚》[54]，以記錄抗戰八年的社會生態，其中的一個篇章〈在酒店裏〉[55]曾在《文藝春秋》雜誌上登載。小說〈在酒店裏〉像一幕《茶館》式的話劇，場景固定在一個江南小城的酒店大堂裏，有熟悉的店東和包括「我」在內的一群老主顧。戰爭步步逼近，時局不穩，不時有飛機轟炸，往日一起聊天的朋友們就要作鳥獸散了，雖然留下了「太平了再回來」的許諾，但戰局的難以預測、對未來的恐懼迷茫，像沉重的石頭壓在每個人的心頭。在這動盪不安的時代，每個人都是時代的浮漚，隨潮起伏；同時，捨浮漚則不能見海水，透過這些浮漚的集合，我們可以窺見一個時代的風雲。施蟄存以自己的親身經

[53] 〈羅曼羅蘭的群眾觀〉1941 年 6 月 27 日作，原載 1941 年 10 月 10 日《宇宙風》第 124 期，《北山散文集》P550，華東師範大學出版社，2001 年。
[54] 《十年創作集·引言》P2，華東師範大學出版社，1996 年。
[55] 〈在酒店裏〉文末標明《時代的浮漚·二》，1946 年 10 月 15 日《文藝春秋》3 卷 4 期。

歷為基礎,欲創作一部記錄抗戰歲月的腳本。但內戰既起,社會動盪不安,種種條件的限制,使他終未能如願。

第二回

越淮而為枳，山川間阻罕同聲
我志在宏文，浮漚煙水隨天盡

　　上回最後說到施蟄存在抗戰勝利後計畫寫一部長篇小說《浮漚》，並在 1946 年的《文藝春秋》雜誌上刊登了其中的一個篇章〈在酒店裏〉，其行文的樸素的現實主義創作手法，迥異於他那些最富盛名的心理分析小說，自是一目了然。追蹤其小說創作之路，當是研究其編輯生涯之外，貼近他、認識他的又一途。

　　在中國現代小說史上，施蟄存算不上一流的大家，但勝在既通古今又中外兼修，少年時浸淫於古典文化，青年時張望著世界新潮，而立之後能坐下來潛心思考，他的腦中因此有著許多動人的火花，能保持著一貫卻又常新的追求。

　　火花不是碩果，追求不等於成就，施蟄存的許多想法由於或內或外的種種原因，並沒有得到很好的展開和實踐。但若把這些思想上的火花和實踐上的探索，放到施蟄存的整個文學人生中和新文學的現代化和民族化的大背景下，他的這些「未完成型」的意義會凸現出來。施蟄存是「五四」之後新文學的第二代作家，如果說第一代作家是在一種破壞性的語境裏砸碎舊世界、打倒舊文學，為新文學開闢了道路；第二代作家則是在一種建設性的語境裏，發展和完善著新文學，施蟄存的探索在第二代作家中，無疑是具有代表性的。

　　容我再回溯到施蟄存離開現代書局的那個場景。無論如何，在後人看來，這都是個極富意味的時刻。

　　施蟄存離開了《現代》，幾乎同時他也結束了他在文壇上獨樹一幟的心理分析小說的創作。1936 年 9 月結集出版的《小珍集》被公認為是他依照現實主義創作的短篇小說集，與他 1933 年出版的《將軍的頭》、《梅雨之夕》以及《善女人行品》之間存在著很大的差距，夏志清說：「這時候，他寫小說已少有新意，用哀愁筆調和諷刺手法去描寫當代生活，而不再是用佛洛伊德學說去探索潛意

識領域的浪漫主義者了，施蟄存沒有發揮潛力，很是可惜。」[1]李
歐梵也評價道：「用的全是帶一點人性論色彩的現實主義創作手
法，徹底掃蕩了魔幻怪異因素。他顯得像是已經完全屈服於左翼的
壓力，從他早期小說的都市哥特的方向上被完全撥轉過來。」[2]施
蟄存小說創作手法上的巨大轉變是顯而易見的，但是否是所謂的
「沒有發揮潛力」、是否是「完全屈服於左翼的壓力」卻值得商榷。

　　《小珍集》不是施蟄存一蹴而就完成的，而是他從 1933 年到
1936 年小說創作的合集。1933 年他接連出版了《梅雨之夕》和《善
女人行品》兩個小說集子，乍看之下，他的小說創作處在高峰時期，
勢不可擋，他自己也曾計畫「沿著這一方向做幾個短篇，寫各種心
理。」然而，實際情況是：他「很困苦地感覺到在題材、形式、描
寫方法各方面，都沒有發展的餘地了」；他所做的是「徒然的努力」，
是「費了很大的勁，其結果卻壞到不可言說」；是不得不頹然承認：
「寫到〈四喜子的生意〉，我實在已可以休矣」；他的自省是敏銳且
真誠的：「我從〈魔道〉寫到〈凶宅〉，實在是已經寫到魔道裏去了」，
他最終用「硬寫」[3]兩個字來概括了自己的寫作處境。

　　當後來的研究者驚喜地發現了施蟄存那些「心理分析」小說或
曰「現代派」小說的存在，亟呼之「中國現代小說的先驅」時，我
們應該注意到施蟄存對此的態度，他用以形容和概括的詞是「仿製
品」[4]、是「文學實驗」[5]。

[1] 夏志清，《中國現代小說史》P156，臺灣傳記文學出版社，1985 年。
[2] 李歐梵，《上海摩登》P198，北京大學出版社，2001 年。
[3] 〈《梅雨之夕》自跋〉，1933 年 3 月 3 日作，《施蟄存序跋》P39-40，東南大學出版社，2003 年。
[4] 〈說說我自己〉，《北山散文集》P750，華東師範大學出版社，2001 年。
[5] 〈英譯本梅雨之夕序言〉，《施蟄存序跋》P59，東南大學出版社，2003 年。

　　當我們把「現代主義」這樣一頂大帽子戴在施蟄存頭上的時候，我們必須看一看這是怎樣一頂帽子，必須想一想帶著這頂帽子要怎樣走、又能否順利且長久地走在三十年代中國文學的土地上。現代主義不是一個單一的流派，而是西方 19 世紀末以來，反對浪漫主義和現實主義傳統，表現資本主義社會矛盾和時代心理的多種文學流派的總稱，包括唯美主義、表現主義、意識流、超現實主義等，西方現代主義文學「在以極端主觀為表現形式的文學抗議中，隱現出用現代人本主義去反對異化，抨擊西方社會對人性的扭曲與壓抑的廣泛的社會心理基礎」[6]，它們通過對物質統治和人性異化的悲悼和批判，企圖為被物欲毀壞了的文明荒原尋求拯救。作家接受現代主義的影響可以是對其深層結構的滲透和認同，也可以是對其表層結構的移植。我們所說的施蟄存的「現代主義」主要表現為他運用佛洛伊德心理分析理論，著重揭示小說主人公由性欲和文明的衝突所導致的精神的病態、變態和分裂，他的作品中大量運用了內心獨白、自由聯想、夢幻、象徵、荒誕、超現實主義等西方現代主義小說創作技巧。他對「現代主義」的接受究竟是前者還是後者，讓我們從頭看來。

　　作為一個關注世界文壇潮流變幻、傾心於西方現代文學的青年，施蟄存很快地接受了佛洛伊德的理論、發現了愛倫坡、顯尼志勒等人小說創作手法在中國的缺失，對顯尼志勒以性愛為主題的心理分析小說尤其感興趣，他說：「我心嚮往之，加緊了對這類小說的涉獵和勘察，不但翻譯這些小說，還努力將心理分析移植到自己

---

[6]　陳永國、傅景川，〈第一版譯者序〉，弗雷德里克・R・卡爾《現代與現代主義》P2，中國人民大學出版社，2004 年。

的作品中去」[7]，施蟄存期望借此有所創新，在小說創作上走一條不同於《上元燈》的新路。他首先選擇了一條最切實可行的路徑來引進這些新事物——「應用舊材料而為新作品」，通過對舊文本的重新解讀，置換掉傳統故事的內核，突出故事主人公身上愛欲與文明的衝突，成功地賦予他們屬於現代的「新感覺」、「新體驗」。這是他前期創作小說集《將軍的頭》的時期，也是他寫作真正的順暢期：不知何處來的勇氣，讓他「貿然提筆，一揮而就」。[8]

實際上，當他把目光轉移到現代都市，企圖圍繞都市人的焦慮和心理幻覺展開故事的時候，他的創作困境就出現了，他自己坦承是「只覺得愈寫愈難」[9]。我們歷來所稱道的能夠將現代意識和傳統審美很好地調和起來而產生「相當完美的收穫」[10]的《梅雨之夕》，實際上是他《上元燈》時期的創作，因為他自己覺得「〈梅雨之夕〉這一篇在《上元燈》中是與其他諸篇的氣氛完全不同的」[11]，而將它抽了出來。但是文中所描繪的都市小職員下班後的黃昏、細雨中舒緩的步伐、綿延的聯想、含蓄節制的行為，卻是與他同一時期創作的《上元燈》中所緬懷的鄉土中國的「舊夢」同一種悠遠綿長的調子。這一切的場景施蟄存把它放在了都市，但我們卻感到那不是茅盾寫過的叫囂著「LIGHT、HEAT、POWER」的上海，不是穆時英筆下用金錢和性構成的眾聲喧嘩的上海，如果換一塊幕布，

[7]　〈關於「現代派」一席談〉，《北山散文集》P678，華東師範大學出版社，2001 年。
[8]　〈我的創作生活之歷程〉，《十年創作集》P804，華東師範大學出版社，1996 年。
[9]　〈我的創作生活之歷程〉，《十年創作集》P804，華東師範大學出版社，1996 年。
[10]　曠新年，《1928 革命文學》P313，山東教育出版社，2002 年。
[11]　〈《梅雨之夕》自跋〉，1933 年 3 月 3 日作，《施蟄存序跋》P39，東南大學出版社，2003 年。

改成「鄉間偶遇」也未嘗不可。其他諸篇，將西方現代主義小說創作技巧橫向移植，除了乍看之下的新鮮外，文本卻缺少現代主義小說中應有的一種緊張性的關係，相形之下，劉吶鷗、穆時英對於現代都市的感受力似乎更強，他們更善於表現三十年代上海五光十色、聲色犬馬的生活，表現置身其中的市民的畸形心理──那種現代都市帶來的孤獨感、失落感和壓抑感。施蟄存如若一而再、再而三地來描寫這種無根的、並非與現代都市緊密相連的蕪雜情緒，那麼這種情緒的描寫，放之於《水滸》故事的大宋年間和放之於現代都市上海的區別何在呢？

　　小說〈夜叉〉的創作，曾經讓施蟄存以為「我能夠從絕路中掙扎出生路來的。」[12]劉禾也曾以此文和〈魔道〉為例，指出佛洛伊德的精神分析理論為施蟄存提供了一套語彙，使他得以把古代志怪小說轉化為一種中國形態的超現實主義小說，「如果施蟄存使古代志怪小說合法化而在中國現代文學中佔有一席特殊之地，那麼同樣必須歸功於他的是，他揭示了傳統夢幻小說與精神分析話語之間某些隱喻性的契合。」[13]且不論在事實效果上，施蟄存的這種寫法是用西方的科學語彙更有力地消解了中國志怪傳統，當〈夜叉〉一文在「女護士開進門來」後落筆，所謂的中國志怪傳統便成為一個神經病人的囈語，而永難翻身。施蟄存自己是用盡心力，在小說創作的夾縫中尋找突破，在主體意識上他不可能有劉禾所說的想法，他

---

[12]　〈《梅雨之夕》自跋〉，1933 年 3 月 3 日作，《施蟄存序跋》P40，東南大學出版社，2003 年。
[13]　劉禾，《跨語際實踐》P202，三聯書店，2002 年。

曾總結說：「在我寫小說的時候，古典文學對我實在沒有影響。甚至可以說，我當時還竭力拒絕古典小說的影響。」[14]

　　施蟄存寫怪力亂神的天賦、他所發現的這條「生路」未能繼續發展下去，究其原因應是前文中談到的他「政治上的左翼」，這並不是指他對當時左翼政治的趨附，而是作為一個有社會責任感的作家，那強大的時代力量必然使得他對這條探索性的道路產生猶豫和懷疑。當時的階級矛盾日趨不可調和，國共兩黨展開殊死搏鬥，二者間尖銳的對立情緒，滲透到社會生活的方方面面；另一方面，日本侵略戰爭的陰雲也漸漸籠罩中國大地，施蟄存在這種形勢下所進行更注重於個人的內心和藝術形式創新的文學探索，無疑會因為疏離現實而顯得不合時宜，何況，這些象徵、夢幻、荒誕、意識流、性心理分析等現代主義小說手法，與經濟文化十分落後的中國廣大讀者之間存在著接受心理、欣賞習慣方面的巨大隔閡和障礙。當時中國讀者最需要讀到的是作品的意識形態傾向和政治上的引導，至於藝術是否完美、新奇已居於次要地位。這種現實的功利要求是那個特殊歷史時期形成的特殊審美趨向，「現代主義」不能得到廣大讀者的理解和共鳴。那是一個風起雲湧的大時代，卻沒有施蟄存的小說探索所需要的「氣候」。施蟄存當時的自我檢討是發自內心的，他認為自己確實走入魔道、誤入歧途。就這樣，在小說創作的道路上，既想在小說創作藝術上有所突破又不能忘懷現實的施蟄存左支右絀，最終發現自己的迴旋餘地越來越小了。

　　當施蟄存要把現代主義的新鮮血液注入到三十年代的中國文學的肌體中去的時候，在他心目中，以佛洛伊德的心理分析為基礎

---

[14]　〈說說我自己〉，《北山散文集》P748-749，華東師範大學出版社，2001年。

的內心獨白、自由聯想、意識流等「現代主義文學」先天性地合法，他很自信地認為他們「這一批人，都可以說是 Modernist……到了三十年代，我們這批青年，已丟掉十九世紀的文學了。我們受到的影響，詩是後期象徵派，小說是心理描寫，這一類都是 Modernist，不同於十九世紀文學。」[15]

　　二十世紀三十年代，在落後沉寂的、處於中世紀狀態的汪洋大海般的農村的包圍中，殖民化的大都市上海像神話和夢魘一般急速地膨脹和繁榮。它現代發展的進程中，沒有大規模的工業化浪潮，它只是一個消費性的半殖民大都市，被稱為「東方的巴黎」或「冒險家的樂園」，它的繁華異常地畸形、脆弱和虛幻。「中國的資產階級和上海的繁華帶著與生俱來的罪惡印記，一開始就喪失了歷史的合法性，失去了文化上和道德上的合理性，中國的資產階級似乎還來不及誕生，就已經喪失了歷史。」[16]這樣的上海，只是一個曇花一現的現代消費都市，它產生不了狂熱歌頌速度和力的生產性的未來主義，也不會有對現代文明後果自覺批判的表現主義，它並不存在著此時西方社會那現代意義上的現代病，有的只是一些浮泛、零散的現代主義體驗。因此，施蟄存好友劉吶鷗、穆時英的「新感覺派」對於都市生活和現代文明採取了一種消費、享樂甚至膜拜的態度，包括施蟄存在內的文學創作中的「現代主義」作品都顯得缺少一種與現代審美方式相連的歷史深度和人性深度，而不能建立起一種統一的中國式的文化哲學。說到底，「現代主義是一個特定的歷

---

[15]　〈為中國文壇擦亮「現代」的火花〉，《沙上的腳跡》P179，遼寧教育出版社，1995 年。

[16]　曠新年，《1928 革命文學》P287，山東教育出版社，2002 年。

史階段，它自身是一個全面的、完整的文化邏輯體系」[17]，但在中國，「現代化」的缺席使得西方的現代主義文化缺乏賴以生存、繁衍的土壤，它不可能僅僅通過移植就紮根中國。

詹明信曾將西方現代主義高度的美學傾向解釋為他們的「涵制策略」（strategy of containment），他認為現代主義的運作中有一種嘗試去制服人們的歷史性、社會性等深層的政治本能傾向的意圖，現代主義的運作削弱它們，同時用代替品來填補和滿足這種失落。然而，他又說，事實上社會性內容的移置並非那麼容易達到，那些「歷史性、社會性」的本能，只有在被激起後才能真正地被制服，因而現代主義的運作必須先具有寫實性，嗣後才能將甫被喚醒的現實意識重新涵納制服。而作為後發國家的中國，自清末被喚醒的那種「現實意識」一直異常的強烈，「五四」新文化運動的引進各種「主義」欲新中國，有浪漫主義的高歌、新人文主義的低唱、有其他種種思潮的浸潤，但長足發展的仍是最切合中國國情的現實主義。20 年代中期之後，隨著大革命高潮的起落，無產階級革命文學勃興，革命現實主義的主潮地位已確定無疑，從此獨尊於中國文壇，30 年代隨著階級矛盾的進一步激化和民族危機的加重，現實主義更是顯示出主流的適應的廣闊的前景，這移植來的「現代主義」根本不具有將它「涵納制服」的能力。在這種情況下，施蟄存「現代主義」創作深入的可能性、發展的空間都是極小的。他在創作上的困境，與其說是自身才華的有限或個人潛力的未能發揮，不如說是一個時代的限制。在中國特殊語境中，這移自西方的「奇葩」，山川間阻罕同聲，它的成長既無所需的「氣候」，也無相應的「土

---

[17] 詹明信，《晚期資本主義的文化邏輯》P277，北京三聯書店，1997 年。

壤」，只能迎接枯萎的命運。現代主義只能成為「時代的孤兒」，成
為「過隙的白馬」。[18]

　　作為作家，施蟄存是一個「悔其少作」的人，在某種程度上也
就是說，他是一個在自覺中不斷調整自己的人。在 1933 年 11 月撰
寫的《善女人行品》的序中，他就表明：「我寫短篇的方法似乎也
有一些變化」，這本集子主要是描寫女人心理及行為的小說，施蟄
存強調「都是我今年來所見的典型」，[19]他通過對典型人物形象的
回歸和重塑，使現實主義的色彩大大加重了，《小珍集》可以說這
是一種帶有心理探索意味的現實主義作品集。

　　施蟄存向現實主義的回歸，應當說就是在 1935 年前後發生
的，從而在 1936 年的《小珍集》中有了最明顯的體現。1935 年 2
月他在〈創作的典範〉中就強調：「放另一眼去觀察社會，把社會
上種種現象代表的片段截取下來」，以及「真正的典範還得向社會
上尋求。」[20]有趣的是，他同時還寫了一篇名為〈從亞倫坡到海敏
威〉的文章，突出了從亞倫坡到海敏威的百年間發展之異同，「但
亞倫坡與海敏威到底有一個分別。那就是我剛才所要特別區分為
『心理的』和『社會的』兩種的緣故。亞倫坡的目的是個人的，海
敏威的目的是社會的；亞倫坡的態度是主觀的，海敏威的態度是客
觀的；亞倫坡的題材是幻想的，海敏威的題材是寫實的。這個區別，
大概也可以說是十九世紀以來短篇小說的不同點」。[21]海明威二十

---

[18] 施蟄存語，〈「現代派」的隔代會遇──施蟄存與林耀德〉，2001 年 6 月臺
灣《幼獅文藝》第 570 期。
[19] 〈《善女人行品》序〉，《施蟄存序跋》P42，東南大學出版社，2003 年
[20] 〈創作的典範〉，1935 年 2 月 5 日《文飯小品》第 1 期。
[21] 〈從亞倫坡到海敏威〉1935 年 2 月作，《北山散文集》P464。

世紀二十年代末以《太陽照常升起》、《永別了，武器》成為「迷惘的一代」的代表人物，是當時聲名鵲起的世界級作家，施蟄存在這裏的這一番闡述，可能也意味著他對世界文壇主流的判斷也轉到現實主義上來了。

在這裏，我們用「回歸」一詞來描述他的這種轉變，是因為從他小說創作的緣起看，無論是《江干集》[22]還是《上元燈》都是依照了現實主義原則的。《梅雨之夕》和《善女人行品》兩個集子，他也「自以為把心理分析、意識流、蒙太尼（montagne）等各種新興的創作手法納入現實主義的軌道」，《小珍集》則是他「回到正統現實主義創作方法的成果」。[23]當他從現代主義轉回到現實主義創作上來，很難說是他美學趨向的轉變，更多的應該是來自他對現實的判斷。聯繫我們在第一回中探討的施蟄存身上「政治上的左翼」和「文藝上的自由主義」的共存、消長和相互影響，我們需要辨析的是他早期現實主義創作和他後期現實主義創作的不同。

他早期的現實主義創作，一部分是緣自作家本身在創作初期對現實主義的自動選擇，另一部分具有的明顯的普羅文學傾向的作品，不可否認確有革命趨向的存在，但更多的是他把目光投向當時世界文學流行思潮，把左翼當作「現代派」新潮的一種，是「『Modernist』中的『Left Wing』」[24]。30年代中前期，他通過小說〈阿秀〉和〈花〉嘗試普羅文學創作的失敗，他與左翼的激烈論戰，

---

[22] 《江干集》是施蟄存最早的小說集，1923年8月自費由維娜絲文學會出版，署名施青萍，印100冊。

[23] 〈《中國現代作家選集·施蟄存》序〉，《施蟄存序跋》P52，東南大學出版社，2003年。

[24] 〈為中國文壇擦亮「現代」的火花〉，《沙上的腳跡》P180，遼寧教育出版社，1995年。

也顯示出他自身在文學上與左翼創作理念的種種不合,「並不是我不同情於普羅文學運動,而是我自覺到自己沒有向這方面發展的可能。」[25]在文藝創作上,施蟄存所取的是自由主義的立場。因此,他後期小說的現實主義的面向,與其說是「日益政治化的上海文壇毀了他」,[26]不如說是他「文藝上的自由主義」和「政治上的左翼」共同導致了他對現實主義的選擇,是作家基於對創作本身和對世界、對中國這兩個現實的判斷而做出主動的調整。後期現實主義和早期現實主義的創作出發點是不同的。施蟄存的創作轉向包含著他的痛苦和無奈,更多的卻是他的理智和主動。

　　當他在 85 歲高齡時,說起自己最喜愛的作品,卻是《小珍集》中不為人所熟知的〈鷗〉[27],它所講述的是都市裡的一個銀行小職員對自己海邊村莊的鄉愁。小說主人公小陸「端坐在上海最繁盛市區的最大銀行中做著白鷗之夢」,這當然是一個白日夢,「從筆下吐出的無窮盡的數字中證明了他是沒有回到家鄉去住著的權利了」,而且他「並不是真的想回去」。只是這機械的無趣的工作讓他覺得疲憊和悵惘,而繁囂都市中富麗的現代建築物、一流的娛樂場、光與影構圖的畫廊、叢集著的仕女隊伍,又讓他感到了「拙陋」和「渺小」。最後,他在「完全上海化的摩登婦女的服裝和美容術裏」驚愕地認出了他最為懷念的鄉下的鄰居──他初戀的女孩兒。也許,這個故事才是真正體現了他感受到的那個年代上海的「現代感覺」:「那惟一的白鷗已經飛舞在都市的陽光裏與暮色中了,也許,所有的白鷗都來了,在鄉下,那迷茫的海水上,是不是還有著那些

---

[25]　〈我的創作生活之歷程〉,《十年創作集》P803,華東師範大學出版社,1996 年。
[26]　李歐梵,《上海摩登》P162,北京大學出版社,2001 年。
[27]　〈中國現代主義的曙光〉,《沙上的腳跡》P173,遼寧教育出版社,1995 年。

足以偕隱的鷗鳥呢？」[28]小陸開始「意識到一個『一切固定的東
西都煙消雲散了』的世界的恐懼和憂慮」，於是，正如馬歇爾‧伯
曼所說：「這種感覺產生了無數前現代失樂園的懷舊神話。」[29]在
這篇小說中，施蟄存將精神分析的合理因數不時地揉進現實主義的
創作中去，小陸由於窗外修女的白帽子引發的圍繞「鷗鳥」意象的
自由聯想，和他因對同事阿汪的賣花女的揣想而起的對初戀女孩的
略帶性意味的「綺念」都表現得不慍不火、恰到好處，有意識地保
留了他以往心理分析小說的長處。施蟄存的上海都市感受和「現代
主義」技巧終於在現實主義那裏找到了堅實的土壤，「這篇小說是
新感覺派的現實主義，現實主義和意識流兩邊調和了。」[30]

　　再細讀這本 1936 年出版的《小珍集》，除了昭示如上種種之
外，〈獵虎記〉和〈塔的靈應〉也是值得注意的別致作品。以此為
開端，施蟄存開始了常被忽略的個人的「文藝大眾化」的探索之
路、他的「瓶」與「酒」的想像和實踐。
　　〈獵虎記〉1935 年 2 月 15 日刊登在由鄭君平（鄭伯奇）主編
的《新小說》的創刊號上。說起《新小說》，就不得不提「左聯」
的「文藝大眾化」運動。「文藝大眾化」問題是左翼文學理論的焦
點之一，左聯成立伊始，即設立文藝大眾化研究會，並於 1931 年
11 月在題為〈中國無產階級革命文學的新任務〉的左聯執委會決

---

[28]　〈鷗〉，《十年創作集》P554-560，華東師範大學出版社，1996 年。
[29]　馬歇爾‧伯曼〈現代性之體驗〉，《文化理論研究讀本》P107，上海大學中
　　國當代文化研究中心，2003 年。
[30]　〈中國現代主義的曙光〉，《沙上的腳跡》P173，遼寧教育出版社，1995 年。

議中，明確規定「文學大眾化」[31]是建設無產階級革命文學的「第一個重大問題」。此後的一年多的時間裏，左翼刊物就此發表了許多討論文章，魯迅、瞿秋白、茅盾等都積極參與進來，1934 年發生的「大眾語」的討論也是「文藝大眾化」問題中，著力追求文學語言通俗化的表現和結果。左聯所提出的「文藝大眾化」問題，注意到了當時的文學創作與大眾之間的距離，既是對左聯內部革命文學創作中存在的「左」的傾向的糾偏，也是試圖對「五四」以來「歐化」傾向的反撥；但它並不僅僅是簡單的形式問題，在這背後有著強烈的政治訴求，「文藝上的大眾化運動總是在政治的要求下，在大眾現實鬥爭的開展和要求之中，在廣泛的大眾運動之中展開」，馮雪峰指出，文藝大眾化追求的是「本質的大眾性」，那麼「什麼是本質的大眾性？就是強健深廣的革命內容──人民之歷史的姿態和要求──和民族的形式。」[32]「文藝大眾化」的提倡者和參與者們的興趣多為大眾化問題的政治性質所激發，討論雖多少涉及文藝作品的語言、形式、體裁等技術性層面，但歸根結底其出發點和關注重心仍是當時的政治需求，文藝本身的問題沒有得到深入的探討。[33]鄭伯奇是這場運動的積極參與者，在「文藝大眾化」討論的高潮過去之後，他持續的思考誕生了明確打出「通俗化」旗幟的文藝刊物《新小說》，希望在創作實踐上嘗試貫徹「文藝大眾化」的思想。

---

[31] 「文藝大眾化」的外延要大於「文學大眾化」，但在本文的討論範圍內，這兩者基本等同。

[32] 馮雪峰，〈論民主革命的文藝運動〉，《雪峰文集・2》P174，人民文學出版社，1983 年。

[33] 「文藝大眾化」的討論雖是發生在 30 年代初，但在左翼文學內部這一問題的探討和實踐卻一直沒有停止，成為中國現代文學史上重要的思潮之一。

　　對於「文藝大眾化」這一問題的大討論，同樣身處上海的施蟄存是不可能沒有所聞所想的，雖然在這期間，他沒有直接撰文發表觀點，卻在這場大討論之後的寫出了小說〈獵虎記〉，送交他的左翼好友鄭伯奇。

　　這個故事寫大霞嶺經兵匪洗劫後，狩獵業衰微，綽號「賽武松」的獵戶頭目便唆使窮獵戶湯土地做個「賽時遷」，蒙上虎皮去幹偷雞唬人之事，換得他們油水豐厚的生活。最後，潑皮小汪借了他們的虎皮去強姦民女而被打死，又替這幫獵戶掩飾了罪名。這個類似民間傳說的故事寫的是英雄之風的沒落，施蟄存的創作重在摸索通俗化的形式，他套用舊傳奇的外殼，傳達對「流氓氣」代替了「水滸氣」從而傳奇不再的嘲諷和悲哀。這篇用「平話手法」的小說引起了人們的注意。[34]王任叔也來信表示：「〈獵虎記〉這樣的手法，在通俗意義上，我非常贊成試用。」[35]

　　左聯「文藝大眾化」的討論，由於前面提及的強烈政治訴求，文學本身的理論探討比較膚淺，創作中也沒有成功地貫徹。這一切體現到《新小說》就是對「什麼是通俗化，怎樣通俗化」的問題在理論上概念不清，認識不統一，小說創作實踐也深刻地反映出這種矛盾。探索中的「小說通俗化」之路困難重重，張天翼感慨自己與〈獵虎記〉同期發表的小說〈一九二四——三四〉「未能通俗」[36]，郁達夫坦言：「我自以為通俗小說，終不是我所能寫的東西。近來

---

[34] 鄭君平，〈編輯後記〉，1935 年 4 月 15 日《新小說》1 卷 3 期。

[35] 王任叔，〈作者‧讀者‧編者：王任叔先生來信〉，1935 年 4 月 15 日《新小說》1 卷 3 期。

[36] 張天翼〈作者‧讀者‧編者：張天翼先生來信〉，1935 年 3 月 15 日《新小說》1 卷 2 期。

連小說都寫不出來，更何況乎通俗的小說。實在要把小說寫得通俗，真不容易。」[37]在這種情況下，施蟄存的〈獵虎記〉卻被批評為「通俗是通俗了，卻使人有讀後無回味之感覺。」[38]

　　當眾作家都在感歎「通俗之難」的時候，施蟄存卻「能通俗」，這源自他的文藝思想裏沒有濃厚的「載道」情結，不希求藉此將某種政治意識灌輸給大眾，這樣他在創作上就比其他創作者多了一重「自由」，他一旦決定讓小說放下身段的時候，就敢於將步伐邁得很大，從中國傳統文化裏尋找合適的資源，找到他所認為的真正能親近中國大眾的切入口。如果我們是用「瓶」來指代文章的形式，「酒」來表示文章的內容，那麼，在他那裏，無論是表達新內容還是探索新文體，都存在著一個關於「瓶」和「酒」的新舊調和的想像。在前文中，我們談到三十年代初，當施蟄存最初把西方現代主義的創作手法引進自己小說的時候，求諸的是傳統文化，利用傳統的舊材料講現代的新故事，企圖以一種自己最得心應手的方式將西方心理學的描述內化為中國人自己的經驗。這一次，當他明確了要通俗、要親近大眾的目的之後，他又試圖採用大眾喜聞樂見的傳統的傳奇式的創作手法來講有著現代內容的故事。

　　〈獵虎記〉是他的第一次嘗試，他的第二次嘗試應當就是《小珍集》中的〈塔的靈應〉，這篇小說的風格類似於〈獵虎記〉，講一個行腳僧由於寄住的廟裏老和尚的吝嗇而妄言恐嚇，卻不料陰差陽錯地全都得到了應驗。〈塔的靈應〉的開篇，作者以家常閒談的語氣描述了故事發生地的景象和傳說，然後寫道：「現在，就要開始

---

[37] 郁達夫，〈作者‧讀者‧編者：郁達夫先生〉，1935 年 5 月 15 日《新小說》1 卷 4 期。
[38] 茅盾，〈雜誌裏的浪花〉，《茅盾全集‧20》P439，人民文學出版社，2001 年。

我們的故事了」，當施蟄存用他或急或緩的筆調津津有味地給我們講完了這個故事，這個聽來一波三折的故事卻讓我們的感覺一片空白，它的缺陷正與〈獵虎記〉一樣是無回味之感。這樣，我們也就發現了關於「瓶」和「酒」的想像的局限和危險。

　　「瓶」與「酒」不是截然分開的東西，他們相輔相成，互相作用。施蟄存早期對舊材料的運用和現在對舊手法的採納都不是按照簡單的「新瓶裝舊酒」或「舊瓶裝新酒」就能做好的，「瓶」能夠影響「酒」，「酒」也能更新「瓶」。我們必須注意到，跟中國舊小說的形式緊密相連的是中國舊式的價值觀念和思維方法，在「瓶」與「酒」的新舊調配過程中，如何克服這一危險而化出現代的民族的好瓶好酒就成為最大的問題。在〈塔的靈應〉中，施蟄存一味追求通俗的「舊形式」而忽略了新文學應有的現代意識，使之成為毫無新鮮感的傳統意義上的通俗故事，似乎是回到舊小說的老路上去了。

　　這兩篇小說的不甚成功並不影響施蟄存在今後相當長的一段時間裏，將文學思考和創作的關注點放在他「志在宏文」的「瓶」的問題上，開始了他對新文學的文體問題的反思和探索，這集中表現在他 1937 年 6 月發表〈黃心大師〉前後與 1938 年 8 月關於「新文學和舊形式」的討論這兩個階段。需要指出的是，在這兩個階段中，施蟄存都鮮明地強調了他的新文學立場，是在新文學內部，為白話文的發展計，深入思考白話文的文體問題。顯然，他已經發覺在自己最初追求「大眾化」的過程中，瓶與酒、新與舊之間非此即彼的簡單處理關係及蘊藏的危害，對於「大眾化」，他也有自己進一步的理解。

　　1937 年 2 月 23 日寫成的雜論〈小說中的對話〉中，施蟄存探討了中國傳統的舊文體中對話與敘述混合的特點，認為這比五四以來成為新文學「正格」的西洋文體更能表現出本國文體的美，而「中國的小說若能從這中間蛻化出一個新的階段，就一定能夠使白話文獲得一種新的妝束」[39]。當施蟄存反問西洋式的正格小說比起我們的舊小說究竟有什麼好處，從而說出「曹雪芹描寫一個林黛玉，不會應用心理分析法，也沒有冗繁地記錄對話，但林黛玉之心理，林黛玉之談吐，每一個看過紅樓夢的人都能想像得到，揣摹得出」[40]的話來時，無疑表明施蟄存這樣一個曾以「心理分析」小說馳名文壇的作家對於新文學創作持續的反思和調整，以及在這個階段他對於中國傳統小說創作方法的深刻認同，但他這次清醒而謹慎地加上了一句：「這實在是有點近似復古，但是從復古中去取得新的。」[41]施蟄存經由這之前小說創作「大眾化」、「通俗化」的思考和試驗，到這時突出和強調了小說的「民族化」，而這「民族化」顯然是由「大眾化」的思考一脈而來，也是「大眾化」思考的路徑之一。施蟄存正式提及並端出我們民族的傳統的精美的「舊瓶」，細心揣摩，欲行改造。

　　在這樣的思想指導下，小說〈黃心大師〉[42]的誕生是不足為奇的。這篇小說走的是中國傳統的說部的路子，卻又架起一個學者型

---

[39] 〈小說中的對話〉，1937 年 4 月 16 日《宇宙風》第 39 期，《北山散文集》P494。

[40] 同上，《北山散文集》P493，華東師範大學出版社，2001 年。

[41] 〈小說中的對話〉，1937 年 4 月 16 日《宇宙風》第 39 期，《北山散文集》P492。

[42] 〈黃心大師〉，原載 1937 年 6 月 1 日《文學雜誌》1 卷 2 期，《十年創作集》P624-644，華東師範大學出版社，1996 年。

的「我」對「黃心大師」考證過程的「類似真實」的框架[43]。小說從尼庵裏的一口廢棄的銅鐘引起「我」的稽考興趣講起，通過虛構的明人典籍告訴我們黃心大師兩度婚姻、淪為妓女、又歸佛門，當尼庵銅鐘屢煉不成，她就捨身跳入爐中終使大鐘鑄成的故事。這篇小說立刻引起了許杰的批評[44]，他認為全文讀來雖然輕鬆可喜，但整體上仍是「一條把老路當作新路的新路」，而不是現代人的創作。許杰的問題也就是我們在分析〈獵虎記〉和〈塔的靈應〉中談到的「瓶」與「酒」的簡單化想像的危險。

　　但這次的施蟄存無論在思考上還是實踐上都更為成熟，他的回應文章〈關於黃心大師〉明確提出自己「想創造一種純中國式的白話文」，「為藝術，或者為大眾，我相信這條路如果能走的通，未始不是一件有意義的工作。」他意識到現實中舊小說對於國人的效果不遜於甚至是大於西洋小說的，作家不能忽略中國人欣賞文藝作品的傳統習慣，「到現在《水滸傳》、《紅樓夢》始終比新文學小說擁有更廣大的讀者群，這是在文體方面，至少有一半關係的。」聯繫當時舊小說和鴛鴦蝴蝶派的廣大市場和讀者群，施蟄存認為新文學要貼近大眾，也許可以經由這種文體的改造而獲得新生。這篇文章不啻於是施蟄存當時創作理想的宣言，他說：「（純中國式的白話文）可以說是評話、傳奇和演義諸種文體的融合。我希望用這種理想中

---

[43] 這樣的小說結構和其中虛構的典籍無名氏著《比丘尼傳》與明人小說《洪都雅致》竟讓一位和尚震華法師對小說中黃心大師的故事信以為真，編進他自己的《續比丘尼傳》，見〈一個永久的歉疚——對震華法師的懺悔〉，《北山散文集》P230-233。

[44] 許杰，〈施蟄存的黃心大師〉，1937 年 6 月 8 日《大晚報》第 5 版副刊「火炬」。

的純中國式的白話文來寫新小說,一面排除舊小說中的俗套濫調,另一面也排除歐化的句法。」[45]

我們的話題再回到那個關於「瓶」與「酒」的想像,在施蟄存〈黃心大師〉的創作和闡述中,「瓶」和「酒」都成了為他所用的更新了的現代的又是民族的「瓶」和「酒」。他賦予這個傳奇故事「類似真實」的現代考據式的結構,「我」以一種步步推進的考據的姿態,領著讀者探尋黃心大師的身世傳說,揭開其捨身鑄鐘事蹟背後的種種因緣。施蟄存從一詩一詞及詞題下注的「嘗為官妓」開始發揮,虛構明人的典籍文獻作證,以半文言半白話的文體寫成一篇煞有介事的「傳奇」文字;同時,施蟄存也給予主人公現代的人性的理解:「黃心大師在傳說者的嘴裏是神性的,在我筆下是人性的。在傳說者嘴裏是明白一切因緣的,在我的筆下是感到了戀愛的幻滅的苦悶者。整個故事是這兩條線索之糾纏。」他對惱娘(即後來的黃心大師)的心理雖然著墨不多,但她的性格和行為都有一定的可以去揣測和理解的現實際遇作基礎。在這裏,關於「瓶」和「酒」,施蟄存自己也有一番闡述,他說:「或許這仍是『舊瓶盛新酒』的方法,但這所謂舊瓶實在是用舊瓶的原料回爐重燒出來的一個新瓶。」[46]

魯迅早在 1934 年 5 月的〈論「舊形式的採用」〉中,對「舊瓶」的問題有過精闢的闡述。他認為舊形式只能「採取」其中能夠「溶化於新作品」的部分;新形式也只有在批判繼承舊形式,從中吸取「滋養」,以發達自己「新的生體」的過程中,逐步形成。他說:「舊

---

[45] 〈關於「黃心大師」〉,《北山散文集》P954,華東師範大學出版社,2001 年。
[46] 〈關於「黃心大師」〉,《北山散文集》P954,華東師範大學出版社,2001 年。

形式是採取，必有所刪除，既有刪除，必有所增益，這結果是新形式的出現，也就是變革。」[47]採用舊形式，就是為了新形式的探求——魯迅所論述的舊形式的採用過程正是施蟄存在這一階段追求理想中「純中國式白話文」的創作歷程。

在〈黃心大師〉之後，施蟄存似乎終止了他在這方面的探索，這種終止是由於外部抗戰爆發引起的顛沛流離、作品創作上的難以展開、還是作家自身思想的變化？

直到 1938 年 8 月，施蟄存針對抗戰中文藝界利用舊形式作抗戰宣傳一事，兩度討論了新文學與舊形式，他對於「瓶」和「酒」的新舊調配問題，對於新文學大眾化的問題又有了耐人尋味的變化。他的基本論點是反對新文學利用舊形式，認為新文學要大眾化，必須從新文學本身去尋求接近大眾的方法，新文學必須建立起屬於自己的新形式。施蟄存說：「新酒雖然可以裝在舊瓶子裏，但若是酒好，則定做一種新瓶子來裝似乎更妥當些。」[48]

施蟄存觀點的變化，必然與他先前用「舊瓶的原料做新瓶」過程中遇到的實際困難和他再一輪的反思有關，他在一個堅定明確的新文學立場上指出：作家們「不免常常為舊文學的形式所誘惑」，「擁護新文學而不能完全信任它的效能，排斥舊文學而無法漠視它的存在」[49]，新文學不是教科書，也不是政治教條，施蟄存反對向新文學去要求它可能以外的效能。在抗戰中巨大的文學功利主義面前，施蟄存的激烈反對，認為「這是新文學的沒落，

---

[47] 魯迅，〈論「舊形式的採用」〉，《魯迅全集‧6》P22，人民文學出版社，1981 年。
[48] 〈新文學與舊形式〉，《北山散文集》P522，華東師範大學出版社，2001 年。
[49] 〈再談新文學與舊形式〉，《北山散文集》P524，華東師範大學出版社，2001 年。

而不是他的進步」，顯然是他文藝上的自由主義觀點的折射[50]。但是，正如我們前面所說「文藝大眾化」思潮從一開始就是一場廣泛的政治文化運動，抗戰爆發之後，整個國家陷入空前的民族災難之時，文藝大眾化思潮的政治功利、社會功能就顯得尤為重要，它承擔了更為廣泛地推動民族戰爭的主體人民大眾團結抗戰的任務。針對這一點，施蟄存最後通達地留出一塊餘地，「希望目下從事寫作這些抗戰大鼓、抗戰小調的新文學同志各人都能意識到他是在為抗戰而犧牲，並不是在為文學而奮鬥」。[51]

　　除了對於文學功利主義的反對，施蟄存思想轉變的關鍵，可能在於他自身對「文藝大眾化」的重新認識，他認為多數的作家和批評家把文學的大眾化誤解了（這一點上，他所說的是否也包括曾經的他自己？），文學的大眾化一方面是要創造能為大眾接受的文學，但絕不是文學單方面去屈就迎合大眾，它的另一面是要有能夠接受文學的大眾。這一次，在「瓶」和「酒」的想像之外，施蟄存考慮進並凸出了握瓶飲酒者——接受新文學的大眾。當他略帶諷刺地說道：「所有一九三七年式最新進口貨文藝武器……全體都施用了出來，可是還沒有一個真正大眾夠得上資格來接受」，從而「只有通過舊的形式才能使民眾接觸文學」[52]的時候，在他心裏，新文學的難題「文藝大眾化」的癥結還有重要的另一半在這裏：「蒙」沒有「啟」好？新文學的大眾化應該是一個文學的接受者和創作者

---

[50] 他在之前的一篇名為〈文而不學〉（原載 1937 年 8 月 1 日《宇宙風》第 46 期，《北山散文集》P504-510）的文章中也強烈批判將文學作為政治宣傳工具以及將其學術化從而承載了太多的理智。

[51] 〈新文學與舊形式〉，《北山散文集》P522，華東師範大學出版社，1996 年。

[52] 〈再談新文學與舊形式〉，《北山散文集》P525，華東師範大學出版社，2001 年。

之間雙向轉化的過程：接受者不斷提升，走向新文學；創作者走向大眾，持續深化。施蟄存觸及的是「大眾化」的逆向孿生主題——「化大眾」。[53]

　　我們綜觀施蟄存關於「瓶」和「酒」的想像和實踐以及他對於「文藝大眾化」的持續探尋，這其中固然有他自己對於新文學大眾化、民族化的獨立思考，但不可否認的是，左翼的「文藝大眾化」思潮一直是一個對他施加影響的外環境。他最初的實踐可以說是由「文藝大眾化」討論而起，他的思考也隨著這一思潮此起彼伏，或順流或逆流。但施蟄存的思考又是與這一思潮若即若離的，他的「離」體現在他的討論始終是放在文學本身的，從而與這一思潮深廣的社會政治目的之間存在著一個厚障壁。「大眾」一詞，在施蟄存和左翼文學家那裏，內涵和期待是不同的，施蟄存自己後來也意識到了這個問題：「文學到底應不應該大眾化，能不能大眾化，這些問題讓我們暫時保留起來，因為『大眾』這一名詞似乎還沒有明確的界限。」[54]當施蟄存追求文學創作的「通俗化」、「民族化」時，他的「大眾化」中的接受者是多少有一定文化基礎，有著民族閱讀習慣的「大眾」，他要去「化」的是「那些耽著讀《紅樓夢》和《三國志演義》」的「沒出息的同胞大眾」[55]，他的「化」也就是要提高大眾的文學品味；而在左翼文學家那裏，「大眾」是建立現代民族國家的主體，而中國最大多數的勞苦大眾「連字都識不到幾個，

---

[53] 從廣義上講，「萌生於上個世紀之交的百年中國文學，從一開始便踏上了化大眾和大眾化共同引導的軌道」（見賈植芳、王同坤〈化大眾與大眾化：逆向的孿生主題〉，1997年5月《文藝理論研究》），但本文是在30年代開始的「文藝大眾化」思潮內談論「大眾化」與「化大眾」的問題。

[54] 〈新文學與舊形式〉，《北山散文集》P522，華東師範大學出版社，2001年。

[55] 〈再談新文學與舊形式〉，《北山散文集》P525，華東師範大學出版社，2001年。

就是能識字的中間找尋能看《三國》、《水滸》這樣舊小說的又是很多少很少」[56]，在這種情況下，「文藝大眾化」思潮要求文學走向大眾，就必須從政治上擔負起教育大眾的任務。「大眾」不能成為新文學真正的接受者，其原因就不僅是新文學的「歐化」、「雅化」，更在於大眾未能在政治、經濟和文化上獲得自主的地位，因此，正如魯迅早就指出的，文藝的大眾化「若是大規模的設施，就必須政治之力的幫助，一條腿是走不成路的」，[57]「大眾化」和「化大眾」首先都是一種「政治的鬥爭」。

在中國現代文學史上，文學和政治如此複雜地交織著，抵死纏綿。施蟄存以一個文藝上的自由主義者的立場，以一個文學家的敏感在文學內部關注新文學的大眾化，為左翼的「文藝大眾化」思潮提供了頗有意味的對照和諸多啟示。他的「瓶」與「酒」的想像和實踐，尤其是他小說〈黃心大師〉的創作，追求「純中國式的白話文」，試圖為藝術為大眾蛻變出白話文的「新妝束」，是中國現代文學現代化和民族化路上不能忽視的可貴探索。

---

[56] 鄭伯奇，〈關於文學大眾化的問題〉，1930 年 3 月《大眾文藝》2 卷 3 期
[57] 魯迅，〈文藝大眾化〉，《魯迅文集·7》P349，人民文學出版社，1981 年

第三回

豈只稻粱謀，徵言述行期道延
老驥難伏櫪，謫居猶記寰宇志

　　施蟄存在四十年代的一次談話中用「文化工作者」[1]這個詞概括了自己的身份，我們看這個最簡單直白的詞，潛臺詞卻是格外強調主體對於文化的基礎性和建設性的努力。對於一個社會、一個時代的文化建設，文化工作者所要做的不只是創作一兩部文學作品，而是包括文化的傳播、交流、傳承在內的多方面的工作。文化工作者的職業不外乎是作家、譯者、教師、編輯等，施蟄存這個文化工作者是「四合一」的。但在〈黃心大師〉之後，他鮮有小說發表；離開《現代》之後的編輯工作也屬零敲碎打；他 1937 年經朱自清推薦受聘於雲南大學，後又任教於廈門大學、江蘇學院、暨南大學直到解放，教師成為他的主業；他的翻譯工作也沒有因為抗戰而被打斷，一直堅持了下來。

　　上回結尾處，已經說到施蟄存對新文學的展開和建設的思考是兩面的：一方面固然要求新文學者建設一個能為大眾接受的好的形式，另一方面也強調大眾對文學接受和理解能力的提高。從這一思想出發來看他的教育和翻譯這兩項工作，就不僅僅是他在 1935 年之後安身立命的重要手段，更包含著他對文學的思考、寄託著他的文學理想。何況，1937 年抗日戰爭全面爆發之後，施蟄存遠赴雲南昆明任教，職業變動，生活和環境也隨之發生了根本的變化，他迎來了「一生的轉捩點」。[2]

　　1937 年的昆明的秋天，和以往不太一樣，它是挾著一股股人流的熱氣而來的。這雲貴高原上美麗寧靜的城市張開了雙臂，迎接著眾多歷經數千里顛沛的西行南渡的知識份子。雲南大學在這一年

---

[1]　〈中國文藝工作者十四家對日感言〉，1946 年 7 月《文藝春秋》3 卷 1 期。
[2]　《世紀老人的話──施蟄存卷》P80，遼寧教育出版社，2003 年。

由省立改為國立，新任校長熊慶來服務桑梓，奔走於京滬，招攬師資，施蟄存經朱自清推薦，與李長之、吳晗、林同濟、嚴楚江等人一道受聘於此。不久，由北京大學、清華大學、南開大學以及中央研究院組成的臨時大學又由長沙遷至昆明，成立西南聯合大學。昆明熱鬧了起來，它的美麗更添了生氣和厚重，中國最優秀的知識份子大半都集結在此了。

　　這些知識份子主要來自已經陷落的平津二地，在這空前的民族災難面前，他們或跟隨學校或私人受聘遷至大後方西南角，大多是經歷了一番心靈掙扎之後的鄭重選擇。不管是出於已願還是工作和生存的需要，他們的西南之行要承擔不僅是長途跋涉的艱辛，更有著沉重的心理負擔——這是來自中國歷史上晉、宋等王朝「南渡」後亡國的悲慘命運，「南渡自應思往事，北歸端恐待來生」。[3] 然而，他們最終選擇這被歷史陰影籠罩的「南渡」，不是簡單地因為命令或生計，更是他們在儒家傳統浸淫下作為知識份子必須承擔的家國責任：帶走文化的火種，保存文化的傳承；也是知識份子對現代民族國家共有的想像，能夠以文化來作為民族的標記，文化的保留就是民族國家重建的希望所在。在這個意義上，昆明不僅僅是後方，它是那個時代知識份子文化理想的一種表達，民族文化在這裏保存綿延，終會在華夏大地薪火相傳。

　　施蟄存也在這樣的昆明安頓下來了！他欣喜地看著他的舊朋新友：朱自清、聞一多、陳寅恪、馮友蘭、吳宓、沈從文、林徽音、楊振聲、向達、錢鍾書、呂叔湘等等，他們有時一起聚集在圓通公園喝茶，有時在翠湖公園聊天散步，在這濃厚的人文學術氛圍中，

3　《陳寅恪詩集》P24，北京三聯出版社，1998年。

施蟄存覺得自己「知識面廣了，眼界開了」[4]，他受歷史學家向達影響，看了許多敦煌學方面的文件，校錄了十幾篇變文；同時對西南地區古碑石碣很是關心，先後收藏了孟孝琚、祥光等諸石刻拓本；他和李長之、吳晗、沈從文去福照街夜市購古董「覓寶」，交流心得；他也利用閒暇輯錄雲南遺事，盡讀雲南古代文獻，興趣頗濃……施蟄存在治學方面深受這些學者的影響，對於文化的多方面的興趣被引發出來，他是屬於「歡喜型」[5]的人，無論做什麼都念茲在茲，全力以赴，「漸漸地也似乎進了這個圈子。」[6]

「教師」這個職業對施蟄存來說算得上輕車熟路了，早在 1927 年，他自震旦大學肄業後不久，就在老家松江開始了他的教師生涯，之後又曾在中國公學、杭州行素女子中學任教，1934 年 3 月至 5 月，還與朱雯合編了《中學生文藝月刊》，教育者的身份顯然對施蟄存的文學思想產生了影響，他與魯迅的那一場沸沸揚揚的「《莊子》、《文選》之爭」，今天看來，確乎是一場不同的思維方式在不同的語境下「錯位」的交鋒。魯迅站在非個人性的立場，把施蟄存的推薦舉動視作一種徵兆，一種他所深惡痛絕的復古的文化思潮的產物來分析，以一個打破舊文學的堅決的新文學者的眼光來看待《莊子》和《文選》的；而施蟄存的推薦完全是個人性的，是一個具有創作、編輯和教學經驗的知識份子對文學愛好者的一點誠心勸導，是一個教育者從培養青年文學修養的角度來談問題。

---

[4]　《世紀老人的話──施蟄存卷》P80，遼寧教育出版社，2003 年。

[5]　錢谷融，〈我的祝賀〉，《慶祝施蟄存教授百年華誕文集》P5，上海古籍出版社，2003 年。

[6]　《世紀老人的話──施蟄存卷》P80，遼寧教育出版社，2003 年。

　　施蟄存在雲南大學文史系任教，第一年是教員，工資每月一百四十元；第二年升為副教授，工資加到二百二十元。[7]施蟄存一直以來家累不小，他喜愛文學，想專事創作，但卻清醒地知道「在上海當亭子間作家沒有其他辦法很難養活自己，光寫小說更不行，寫一千字只有三元錢」[8]，文學青年只能靠一支筆維持最低水平的生活。那時的作家辦書店、編報刊和圖書，四處奔走，也有為了生計的原因在內，以此來補充收入的不足。早先中學教員的工作，收入雖然相對穩定，但也只是勉強糊口，遠不能與當時大學裏教授的工資水平相比。當施蟄存走上大學教席，得到副教授的職稱後，全家生活也有了經濟來源和生活保障，而他自己也開始了古典文學的鑽研和教學。

　　施蟄存曾說過「中文是家學」[9]，他家世代儒生，父親是位秀才，古典文學的學養甚深，詩文、書法俱佳，他從小跟著父親習字誦文，從《古文觀止》到《昭明文選》，再到父親書箱中藏著的《白香詞譜》、《草堂詩餘》，他都讀得津津有味，樂在其中，打下了紮實的古典文學根基，並愛上詩詞，自己學著填詞，得到過「神似江西」[10]的讚譽。入上海大學後，古典文學的老師是俞平伯，「俞平伯老師講過《詩經·卷耳》，指導我研究《詩經》的路子」，施蟄存又自己找來方玉潤的《詩經原始》，通讀之下，豁然開朗，「才知道古典文學研究的歷史進程」，此時的施蟄存雖深受新文學的影響，但對自小受教的古典文學仍是孜孜以求、不離不棄。直到他後來轉

7　《世紀老人的話——施蟄存卷》P81，遼寧教育出版社，2003年。
8　《世紀老人的話——施蟄存卷》P81，遼寧教育出版社，2003年。
9　〈我治什麼「學」〉，《北山散文集》P673，華東師範大學出版社，2001年。
10　〈我的創作生活之歷程〉，《十年創作集》P798，華東師範大學出版社，1996年。

到大同大學讀英文、震旦大學讀法文，受周圍環境影響，嗜讀外國作品，他才說：「中國古典文學，就此放下了。」[11]他 30 年代中期編選明人小品、校點「中國文學珍本」，對古典文學來說，算是「偶拾」；待到他在雲南大學文史系謀得教席，並被分配教國文、歷代詩選和文選，自稱「戰戰兢兢備課」、「下功夫研究」，並編選了許多講義、教材，如《中國文學史》、《散文源流》等多種[12]，施蟄存就是正式地「重拾」他放下的古典文學了。這看似一個偶然的機緣，前頭卻不乏一些必然的鋪墊。

　　在昆明的翠湖旁，他寫道：「萬水千山來小坐，此身何處不隨緣」，「文學」的施蟄存由此轉變為「學院」的施蟄存。曾有學者評論說「施蟄存這個人精彩的不是他的小說，而是他的交往」，[13]施蟄存小說的精彩與否暫且不論，但他與同時代文人交往的涉及面之廣、交往時間之久、以及與其中一些重要人物交情之深厚，都是引人注目的。這緣自他之前「是一名編者，因此社會活動繁多，文人間的交往亦多」[14]，更重要的是他文藝上的自由主義使得他結交了許多不同立場的朋友，他待人的真誠無間又使得他們的友誼經得起歲月的考驗，他們之間的文學交往和活動為我們理解作家本身和那個時代留下了珍貴的記錄。等到施蟄存「開始在大學教書後，基本上是沒有什麼社會活動了」，他把去昆明之前的三十年代稱為自己「大活動」的一段時間[15]。施蟄存總結說：「當我離開上海，就意

---

[11]　〈我治什麼「學」〉，《北山散文集》P674，華東師範大學出版社，2001 年。
[12]　《世紀老人的話──施蟄存卷》P82-83，遼寧教育出版社，2003 年。
[13]　郜元寶言，見張永勝《雞尾酒時代的錄音者──〈現代〉雜誌》P160，上海人民出版社，2003 年。
[14]　《世紀老人的話──施蟄存卷》P47，遼寧教育出版社，2003 年。
[15]　《世紀老人的話──施蟄存卷》P47，遼寧教育出版社，2003 年。

味著開始放棄文學事業」、「不當作家做教授的改行，是我這一生的生活轉捩點。」[16]

　　施蟄存 1940 年回上海省親後，一度滯留香港，「安居下來之後，一天一天覺得不自在起來」，明知當時的昆明比他離開時更不易居，卻覺得「大可懷戀」[17]。昆明雖然時常有空襲的危險，不斷地跑警報，但「沒有看見一個驚慌的臉」[18]，在警報聲中，生活還能從容地繼續：小孩遊戲，有伴的聊天，沒伴的掏出書來讀，小販也帶便做著買賣；雖然通貨膨脹，米價猛漲，「然而從來沒有發生過一件事情是反映出人們對於米價猛漲的不平的」，「為了國家民族的最後勝利，也不能不用從來沒有的毅力去擔荷這生活之艱辛」[19]；知識份子再也不是象牙塔中兩耳不聞窗外事的書呆子，他們經歷了這番遷徙之悲和生活之苦，經由抗戰而得到歷練，走向成熟。他們或通過報章撰文表達、或聚在一起交流思想、或在課堂上提出看法，對現實異乎尋常地關注，「對抗戰進行中的每一個節目，都感到莫大的興奮」，即使是那些沉潛於古典文化之中的學者[20]，也依然有著文字之外易被人所忽略的熱情，中國文化的火種就這樣在昆明燃燒著。施蟄存意識到他留在昆明「並不單是為了生活，而生活也到底不夠衷心地把我從昆明送出來」，昆明賦予了他「抗戰氣質」[21]。

---

[16]　《世紀老人的話──施蟄存卷》P81，遼寧教育出版社，2003 年。

[17]　〈抗戰氣質〉，1940 年 6 月《薄鳧林雜記》，見《北山散文集》P532-535。

[18]　〈跑警報〉1940 年 3 月 21 日，《北山散文集》P143，華東師範大學出版社，2001 年。

[19]　〈米〉1940 年 4 月，《北山散文集》P148，華東師範大學出版社，2001 年。

[20]　例如當時被稱為「何妨一下樓」主人的潛心研究古典文學的聞一多先生。

[21]　〈抗戰氣質〉，1940 年 6 月《薄鳧林雜記》，見《北山散文集》P532-535。

　　昆明雖是後方，卻是有著深深感染人心的濃厚的「抗戰氣質」，中國的知識份子在這裏同仇敵愾，守護文化的火種，間接參與著抗戰。施蟄存離開了才知道，在昆明，他的「心靈確已被抗戰這偉業侵佔了……完全溶化在抗戰的氛圍中而不覺得」。縱然文章救國「是一切救國行動中最渺小的」，他也「不敢自誇從事教育對於抗戰的貢獻有多大」，但施蟄存是如此欣慰並驕傲於這「抗戰氣質」，他希望「未曾到過後方的青年應該去沾染一下這種氣質，而留在後方的人則不必放逐這種氣質。」昆明的「抗戰氣質」是民眾對於國家災難、民族責任的從容承擔，是知識份子對文化之根的堅守，文化不亡，天下仍在。施蟄存在「既已發現了很深地承受著這個抗戰氣質之後，渴想能夠使它重又得到一點安慰」[22]，他此時能做的是一個盡責的文化工作者、通過教育，通過文化傳承展開昆明知識份子共有的關於重建民族國家的想像。

　　施蟄存希望有「能接受文學的大眾」，並且認識到「近代文學之繁榮，似乎不能不歸功於資本主義的發展和教育的普及。因為資本主義的發展，文學的宣布獲得了最便利的工具；因為教育的普及，文學之欣賞增加了大量的群眾」[23]，教育對於文學發展和現代民族國家建立的意義凸顯了出來，而成為施蟄存這樣一個「文藝上的自由主義」與「政治上的左翼」並存的人物最好的選擇，他從作為先鋒衝刺的易起波瀾的創作前臺轉向了默默培育文學機會的講壇，在一個相對穩定的位置上，一面繼續他對民族、對時

22　〈抗戰氣質〉，1940 年 6 月《薄鳧林雜記》，見《北山散文集》P535。
23　〈文學的貧困〉，11 月 10 日《文藝先鋒》1 卷 3 期，《北山散文集》P561。

代、對社會的關注和責任，一面自由地追求他的文學理想而不易
受到太多的壓迫和牽制。

　　施蟄存從早年嗜讀西方文學作品，創作心理分析小說開始，對
於「現代」的來臨就有一種特殊的敏感。「現代」這個來自西方的
幽靈，逐漸地介入古老中國的方方面面，這當然包括文學和文學教
育。施蟄存是以開放的心靈迎接「現代」的人，但也是能結合中國
的實際有選擇地吸收、批判地接受的人，更是回過頭來看民族傳統
文化、研究古典文學，以此構成對「現代」的平面性片面化的抵抗
的人。

　　對於文學和文學教育，施蟄存心中有一個中國傳統教育裏的
「大文學」的概念。中國自晚清以來，引進西學，取法西洋和日本，
「經史子集」的四部之學轉化為「文理法農工商醫」的七科之學，
現代知識的專門化取代了傳統的文史哲的通人之學，現代文學科的
設置，同樣是這一轉變的結果和新的教育制度的產物。施蟄存在
1937 年的〈文而不學〉一文中，指出「新文學與其說是革新舊文
學的一種努力，毋寧說是一種文學的正名運動」，他對「所謂文學
的意義也就是完全符合西洋人之所謂文學」表示了懷疑，認為
Literature 譯成「文學」是一個錯誤，錯不在「文」字而錯在「學」
字，不能將文學獨立開來作為一門深邃的研究的專門學問。「五四」
之後司空見慣的「文學」一詞，竟觸及了施蟄存對於「現代」來臨
的敏感的神經，他注意到了跨語際實踐中翻譯過來的西方現代學術
話語對中國人觀念的重新構造。據劉禾講述，「文學」是由美國傳
教士裨治文發明的英文用語 Literature 的直接的新譯名，通過一個
經由日本的雙程流傳過程，這一術語廣泛傳播，並逐步發展成為該

詞在中國的標準譯法，[24]古漢語中並沒有同一的對應詞。按照「現代」的「文學」的觀點，小說戲劇得以入文學之宮高踞了寶座，中國的古典文類被重新分配，「『文學』儼然與『哲學』、『科學』合力把人類智慧鼎足而三分之」，[25]施蟄存所教授的中國古典文學也就被迫按照這個現代觀點，被全新地創造了出來。新文學也據此在創造自己，而且，在施蟄存看來，危害甚深：在這樣的「錯誤」思想下，新文學儼然成為專門的學問，一方面脫離了大眾，另一方面也會被作為政治宣傳的工具。文學的教育「完全用了理智，而不讓感情去撫觸」，他最後提出「要使文學成為每個人都可以親近的東西，第一應當排除這種『學』的觀念，或容易使人發生這種觀念的趨勢，到了文而不學的時候，才能有真文學。」[26]我們知道，西方包括「文學」在內的現代人文學科的建立，是現代知識「合理性」分化的結果，他們把「人」的精神世界和感性世界視為一個具有獨特規律的領域來研究和探索。當施蟄存突出「文而不學」的時候，他已經感到了現代學術體制中的專業劃分造成的「文學」的單向、片面和僵化，他突出了「文」，即「審美」，以此構成了對「專門之學」的批判和解放。

　　1942 年施蟄存在〈文學的貧困〉中提到包括了詩歌、小說、戲劇、散文在內的文學被約束在一個「純」字的範圍裏，是現代人的文學觀念，而古代的中國和西洋都不如此，他再次敏銳地觸及了

---

[24] 劉禾，《跨語際實踐》P48，北京三聯書店，2002 年。

[25] 〈文而不學〉，原載 1937 年 8 月 1 日《宇宙風》第 46 期，《北山散文集》P505。

[26] 〈文而不學〉，原載 1937 年 8 月 1 日《宇宙風》第 46 期，《北山散文集》P504-510。

現代知識的分化和文學科的建立問題。西方的馬克斯‧韋伯認為：
歐洲的「現代性」是宗教與形而上學所表達的「實質理性」分為科
學、道德與藝術三個自主的領域的結果，現代知識合理性分化所導
致的「世俗化」和「專業化」是「現代化」進程中悖論性的存在，
韋伯對這種分化的後果持悲觀態度，他說：「完全可以，而且不無
道理地，這樣來評說這個文化的發展的最後階段：『專家沒有靈魂，
縱欲者沒有心肝；這個廢物幻想著它自己已達到了前所未有的文明
程度』」。[27]晚清的王國維也曾借當時經學的分科表達了類似的觀
點，他在〈奏定經學科大學文學科大學章程書後〉中指出，「群經
之不可分科」因為「不通諸經，不能解一經」[28]。

　　施蟄存有著與中西思想文化界巨擘同樣的憂慮，在這篇文章裏
他深刻指出：「自從西洋的近代文學觀念及教育制度被販到中國來
之後，於是，小說被選錄進中學國文教科書，而哲學及史學在大學
院中別自成一系……文學的觀念及文學的教育制度，都在傾向著愈
純愈窄的路上走」。這樣的文學和文學教育的後果，是「文學家僅
僅是一個架空的文學家」，「文學愈純愈貧困」，他諷刺說：「縱然書
店裏每月有大量的詩歌、小說、戲曲、散文出版──這是出版業的
繁榮，不是文學的繁榮。」[29]施蟄存在這裏所謂的「產生了架空的
文學家」的分析和結論正是汪暉後來在《死火重溫》裏所提到的：
「日益細密的分科通過知識的專門化把知識份子分割為不同領

[27] 馬克斯‧韋伯，《新教倫理與資本主義精神》P143，于曉、陳維綱等譯，三
聯書店，1987年。
[28] 王國維，〈奏定經學科大學文學科大學章程書後〉，《靜庵文集》P180，遼寧
教育出版社，1997年。
[29] 〈文學的貧困〉，11月10日《文藝先鋒》1卷3期，《北山散文集》P561-565。

域的、難以相互交流的專家,而公眾對於專家所生產的知識既無理解、也無批評的能力,從而知識份子與公眾的有機性聯繫消失了。」[30]縱然退守學院,施蟄存心目中文學家或者說知識份子的理想仍然是:就個人而言,上能恢宏學術,下堪為參軍記室;就其與社會之關係而言,既能裨益政教,又能表率人倫。他自己是朝著這個方向努力的,知識上力求廣博又始終不失人文關懷,最終被譽為「百科全書式」的作家,這已是後話了。

　　施蟄存所批判的「文學的貧困」是「文學」在「現代」的意義上愈純路愈窄的危機,但他同時也指出:「即使在這個貧困的純文學圈子裏,也還顯現著貧困之貧困的現象」,[31]當時的文學界,以往的各種思潮和流派都暫時拋開分歧和爭論,以求抗日之大同,這固然是形勢所需、理出必然,但豐富的立體的文學急速脫水成單一的直白的政治宣傳,舉目所及不是標語口號式的詩歌、就是文明戲式的抗戰宣傳劇,施蟄存不由搖頭歎息:文學實在是「貧困得可憐」[32]。除了文學創作,文學作品解讀過程中單一的視角和僵化的思路也算得上是文學「貧困之貧困」的一種,對此,施蟄存曾大膽「扶貧」,給青年學生們上了一課。

　　1940 年 6 月創刊的《國文週刊》,是一本由西南聯大中文系的教授們主辦的教育雜誌,主編是浦江清。在創刊號的卷首語中,編者開宗明義:「不想登載高深的學術研究論文,卻歡迎國學專家為本刊寫些深入淺出的文章,介紹中國語言文字及文學上的基本知識

30　汪暉,《死火重溫》P431-432,人民文學出版社,2000 年。
31　〈文學的貧困〉,原載 11 月 10 日《文藝先鋒》1 卷 3 期,《北山散文集》P565。
32　同上。

給青年讀者」。在浦江清和朱自清的殷勤索稿下，施蟄存寫了一篇為青年解讀魯迅小說〈明天〉的文章，發表在《國文月刊》的創刊號上。他的這篇文章，篇幅雖長，宗旨卻只有一個，就是力圖運用佛洛伊德的性心理學說分析單四嫂子的隱微的性心理，他概括說：「在這篇小說裏，作者描寫了單四嫂子的兩種慾望：母愛和性愛。一個女人的生活力，就維繫在這兩種慾望或任何一種上。母愛是浮在單四嫂子的上意識上的，所以作者描寫得明白，性愛是伏在單四嫂子的下意識裏的，所以作者描寫得隱約。」運用佛洛伊德理論的精神分析批評在西方已成為一大批評流派，但是在中國，自郭沫若的〈《西廂記》藝術上的批判與其作者的性格〉、〈批評與夢〉之後，少有比較完整的對於作家作品的精神分析批評，施蟄存的〈魯迅的「明天」〉「是一篇比郭沫若的兩篇更嚴謹地運用佛洛伊德理論解讀作品的精神分析文字。」[33]

　　但念及彼時情境，此文登出後一片譁然、爭議四起也在意料之中。10月10日，重慶的《學習生活》第1卷第6期發表了海銀的〈讀了施蟄存解說魯迅的「明天」以後〉，認為此說「侮辱了魯迅先生」；12月1日，重慶的《抗戰文藝》第6卷第4期發表了羅蓀的〈關於魯迅的「明天」〉，對施的解說進行了更為詳盡的批評，指出：「離開了社會背景、社會意義，是無從說明一篇作品的。施先生不但把明天孤立起來看，甚而至於歪曲了原作者的含義，而完全加進了解說者自己的意見，這是非常大膽的事。尤其是要把這種解說拿給開始欣賞文藝作品的青年看，將發生著怎樣的影響，是可想到的。」這的確是一件「非常大膽的事」，想想魯迅去世時身上蓋

---

[33] 吳中杰、吳立昌，《中國現代主義尋蹤》P165，學林出版社，1995年。

的那面「民族魂」的大旗，施蟄存的這一番解說極易成為眾矢之的的靶子。但也許正是因為是給學習欣賞文藝的青年人看的，施蟄存才會特地有這樣一番解說。他從自己熟悉的佛洛伊德性心理的角度，從一個全新的視角有理有據展開分析，人們即使不能完全苟同，也不得不承認，這是對幾成定勢的魯迅作品研究思路上的有益開拓，也打開了青年的文學視野，向他們昭示著文學是一個有生命力的開放的世界。

1941 年 1 月 16 日《國文月刊》1 卷 5 期又刊登了陳西瀅的〈「明天」解說的商榷〉，陳西瀅認為〈明天〉「沒有什麼深奧的意義」，「只是很簡單的一個人生小悲劇。他的動人處，就在單四嫂子的孤寂、空虛、無法解除的絕望。」而施蟄存解說〈明天〉一文，「也許使人得到許多啟發。只是有些地方，也與聖歎文一樣，覺得他未免過於深求。」施蟄存在 12 月 16 日《國文週刊》1 卷 11 期發表〈關於「明天」〉做出回應，重申了他以前的意見，提出：「魯迅先生在文藝上並不是一個萊羅乙德派，但是誰能說他一點不受影響？魯迅先生作小說的時候，正是靄里斯和萊羅乙德在中國時髦的時候。況且，萊羅乙德分析達‧汶豈的穆那‧麗沙，以為是有 Libido 存在著。當達‧汶豈的時候，根本也無所謂心理分析這個玩意兒，但也沒有人說萊羅乙德胡說八道。我以為對於文藝作品的解釋，我們應當作如是觀。」施蟄存在這裏指出了佛洛伊德學說對魯迅創作的影響。綜觀魯迅對於佛洛伊德學說的態度，有一個從接受、被影響到懷疑和批判[34]的過程，他曾明確談到自己是借用佛洛伊德的精神分

---

[34] 參見魯迅 1933 年的〈聽說夢〉，《魯迅全集‧4》P467，人民文學出版社，1981 年。

析學說創作了小說〈不周山〉,是「取了弗羅特說來解釋創造——人和文學的——的緣起」,[35]那麼,與〈不周山〉同屬「〈吶喊〉時期」的〈明天〉受到佛洛伊德學說的影響,也是言之成理,可聊備一格的。同時,施蟄存也指出文學作品一旦產生,就具有其獨立性,對作品的解讀不必拘泥於作者的原意,這是一個文學研究者應當有的開放的態度。

與魯迅「交戰」過,又被他送了個人盡皆知的惡名,隨著魯迅的去世和自己的冷靜成熟,施蟄存習慣了這一切,同時堅持自己文藝上自由主義的立場。面對魯迅,他反而有一種當時大多數人所沒有的平視和放鬆,敢於提出自己的獨到見解。陳西瀅和施蟄存都是被魯迅先生批評過的人物,時過境遷,流水般的光陰洗去了憤然和激動的情緒,他們在四十年代初關於魯迅小說的這一番學術往來,自有一種輕盈明淨的底色。

施蟄存文藝自由主義基礎上產生的健康的文學批評是對新文學研究的豐富和推動,也為青年的大膽活躍思維,破除「文學的貧困之貧困」,創造他希望中的文學界的良好風氣,「捨身」做了榜樣。

「文學」的施蟄存在進行著向「學術」的施蟄存的轉變,他工作的重心慢慢移到教書育人上來。介於「文學」和「學術」之間的翻譯工作,施蟄存始終堅持著。

在三十年代的上海,施蟄存能便利地獲得許多西文報刊和書籍,這成了他瞭望西方世界的視窗,開闊了他的眼界、塑造著他的知識面,他的閱讀曾一度是他創作的源泉。施蟄存的心中始終自覺

---

[35] 魯迅,《故事新編‧序言》,《魯迅全集‧2》P341,人民文學出版社,1981年。

地有一個世界地圖，他重視翻譯並身體力行，試圖通過對外國文學的引進和對世界文壇的同步把握，為中國現代文學提供有益的參照，帶來新的刺激和生長點，從而更好地建立起本民族的和作家個人的文學模型。

翻譯最基本的技術層面，是力求內容的儘量準確，傳達出原作者的精神，確保「意譯」不變成「亂譯」。施蟄存對翻譯的關注中，當然包含有這最基本的要求。他寫於 1943 年的〈尼采之「中國舞」〉批判的就是譯文對原文意思的歪曲和翻譯語言的不夠圓熟，使得尼采這樣一位信仰「文體是一種跳舞」的大哲學家在中國竟「蹣跚地跳了出來」。[36]施蟄存自青年時代起對翻譯的長達一生的堅持，卻不僅僅是異域文本內容的如實傳達，在大量的翻譯中，施蟄存的主體性通過他翻譯的選擇性表現了出來。施蟄存的翻譯中，突出的是對奧地利作家顯尼志勒、美國文學和對歐洲弱小民族文學的翻譯。

施蟄存在終止了他的小說創作後，翻譯在某種程度上就成為他從事文學的另一種方式的表達。也許真正的「現代派」在中國是不可能建構的，施蟄存的心理分析小說創作也難以繼續發展，但那些西方文本的創作手法、表現內容和閱讀體驗是中國所未曾有的，引進它們的必要性並不一定在於完全的認同，也是世界文學大背景下的交流，這種交流，可以是辨析，是在「現代性」的普遍中發現各自的「地方性」；也可以是互補，是對未來可能性的潛在的促進。

奧地利作家顯尼志勒（Arthur Schitzler）是為數不多的、在世時已為中國文學界所關注的德語作家。在劇作方面，先有茅盾、郭紹虞開拓出局面，鄭振鐸大力推薦，後有趙伯顏、林疑今等再添後

36　〈尼采之「中國舞」〉，《北山散文集》P971，華東師範大學出版社，2001 年。

勁，譯者和讀者傾心於他「用哀感頑艷的辭句，表達愁苦不全的生活」，顯尼志勒作品的中譯「在二十年代末極一時之盛。而這個盛況進入三十年代後並無退減之勢」，[37]在他的小說譯者中，也有葉靈鳳和林微音等人，但最引人注目和持之以恆的當推施蟄存。

施蟄存對顯尼志勒的作品格外喜歡和推崇，他在顯尼志勒身上投射了自己小說家的文學理想。在 1937 年 1 月出版的顯氏小說《薄命的戴麗莎》的序言中，他介紹說：「弗羅乙特（即佛洛伊德）的理論被實證在文藝上使歐洲現代文藝因此而特闢了一個新的蹊徑，以致後來甚至在英國會產生了勞倫斯和喬也斯這樣的分析心理的大家，卻是應該歸功於他的。」[38]他在這篇序言中對顯尼志勒的介紹有重要的兩點，一是顯尼志勒作品的性愛主題，他作品中性心理的分析所具有的開拓性的意義，另一點卻是指出雖然奧國的氣質不易產生寫實主義，顯尼志勒卻是一個滲透著寫實主義的浪漫主義者。當我們一直強調顯尼志勒在性愛主題和現代派手法上對施蟄存的影響的時候，我們也應注意到施蟄存對顯尼志勒作品中現實主義精神的把握，這樣一個兩方面結合的完整的顯尼志勒作品解釋了施蟄存作為小說家的追求，顯尼志勒的英法譯本，施蟄存「一本都沒錯過」[39]，所以當經錢歌川介紹，中華書局邀他譯顯尼志勒的作品時，他致函錢歌川感謝道：「這是弟所嗜讀之人，不勝雀躍」[40]。

施蟄存在 1935 年離開《現代》之前，出版的顯尼志勒的譯作主要有 1929 年 1 月尚志書屋的《多情的寡婦》、1931 年 6 月由上

---

[37] 謝天振、查明建，《中國現代翻譯文學史》P502，上海外語教育出版社，2004 年。
[38] 《薄命的戴麗莎‧譯者序》1937 年 1 月作，上海中華書局，1937 年
[39] 《愛爾賽之死‧前言》，上海復興書局，1945 年。
[40] 〈致錢歌川〉，《北山散文集》P1549，華東師範大學出版社，2001 年。

海神州國光社出版的包括長篇《蓓爾達‧茄蘭夫人》（即原先《多情的寡婦》）、中篇《毗亞特亞思》和《愛爾賽小姐》在內的《婦心三部曲》，在這之後的十多年間，這三部作品曾更名為《孤零》、《私戀》、《女難》或《愛爾賽之死》（該書計出版 5 次以上）在上海和福建多次新版，此外，施蟄存又新譯了顯尼志勒最後一部長篇小說《薄命的戴麗莎》，1937 年和 1940 年兩度出版；將原先載於《東方雜誌》的《生之戀》改為《自殺之前》出版，他還另外譯過顯尼志勒的三本小說，但沒機會出版，而手稿也在戰亂中丟失了[41]。

　　對於外國文學的翻譯，施蟄存在 30 年代就遺憾地感受到十年來沒有繼起的大進步，有「一種對外國文學認識的永久性停頓」，這「實際上是每個自信還能負起一點文化工作使命來的人，都應該覺得漸汗無地的」，《現代》因此計畫出刊各國現代文學專號，施蟄存聲明「決不是我們的興之所至，而是成為我們的責任」。[42] 5 卷 6 期的「美國文學擴大專號」是這一計畫的第一步，成為「30 年代譯介、評論美國文學最有影響的舉措」。[43]《現代》雜誌之所以冒著「懷疑，甚至於責難」，首推當時還被輕視的美國文學，是因為施蟄存認為在各民族的現代文學中，除了蘇聯，「便只有美國可以十足的被稱為『現代』的」，它是創造的，是自由的，「我們便不得不把作為一切發展之基礎的自由主義的精神特別提供出來」[44]美國的文學是一種成長而不是衰弱的文學，不啻是我們的同樣在創造中

---

[41] 《愛爾賽之死‧前言》，上海復興書局，1945 年。
[42] 〈現代美國文學專號導言〉，1934 年 10 月 1 日《現代》5 卷 6 期，《北山散文集》P1179。
[43] 謝天振、查明建，《中國現代翻譯文學史》P265，上海外語教育出版社，2004 年。
[44] 〈現代美國文學專號導言〉，1934 年 10 月 1 日《現代》5 卷 6 期。

的新文學的最好的「借鏡」。施蟄存在美國文學那裏看到的是一個
新文化的建設所必須的條件：一種不學人的、自由的、創造的精神。

在《現代》對美國文學的大規模譯介中，施蟄存擔當的是一個
最重要的組織策劃者的重任，而《現代》之後，他秉承這一思路，
以個人身份繼續關注著發展中的美國文學。1935 年 10 月，施蟄存
翻譯的美國作家里德‧H《今日之藝術》[45]出版，是對美國現代藝
術發展情況和趨勢的同步譯介。時勢因抗日戰爭的爆發而愈加艱難
之後，外文雜誌和作品不如先前那樣容易得到了，施蟄存對美國文
學的關注，漸漸集中到了美國短篇小說家沙洛楊（Saroyan）的身
上。沙洛楊是美國阿美尼亞人，三十年代極具盛名的小說家，以精
湛的短篇小說著稱，施蟄存承認自己受到過沙洛楊的影響。[46]他翻
譯的沙洛楊的短篇小說，散見於當時的報章，施蟄存曾兩度計畫將
翻譯的沙洛楊的小說結集出版[47]，最終未果。

施蟄存的翻譯中最為人稱道的還是他「主要從事歐洲各弱小民
族的文學翻譯，譯作甚豐」[48]，在我國現代的翻譯史上，自魯迅與
周作人合作翻譯《域外小說集》起，就尤其注意「被壓迫民族中作
者的作品」，與這些民族作品中的人和事有著強烈的共鳴，「有些青
年都引那叫喊和反抗的作者為同調的」。[49]這個多民族的翻譯文學

---

[45] （美）里德‧H《今日之藝術》，上海商務印書館，1935 年。

[46] 〈為文壇擦亮「現代」的火花〉，《沙上的腳跡》P177，遼寧教育出版社。
1995 年。

[47] 一次是列入 1945 年福建永安十日談社的「北山譯乘第一輯」的計畫中，另
一次是 1948 年上海正言出版社「域外小說珠叢」的預告之一。

[48] 賈植芳，〈人格‧人性‧人情‧友情——憶施蟄存先生〉，2003 年 12 月 15
日《黑龍江日報》。

[49] 魯迅，〈我怎麼做起小說來〉，《魯迅全集‧4》P511，人民文學出版社，1981
年。

的組合是現代文學譯介中內容最為龐雜的部分，這些國家和民族文化和文學傳統不一，卻與 20 世紀上半葉中國的文學語境有著各種不盡相同的契合方式，中國人對這些落後的弱小民族更感親近，在他們的身上，看到與自己同樣的命運；在他們的文學中，感受到同樣的情感。翻譯「不僅構建著獨特的異域文化的本土再現。而且因為這些項目針對的是特定的文化群體，他們同時也就參與了本土身份的塑造過程」，[50]這些異域文本的翻譯是本土主體的「映照」或自我認識過程。施蟄存說：「這些小說給我的感動，比任何一個大國度的小說所給我的更大」，[51]施蟄存對歐洲弱小民族文學的翻譯，與他所謂的「政治上的左翼」是緊密相連的。但施蟄存在翻譯上對歐洲弱小民族文學的選擇，又不僅僅是因為對他們身份和命運的認同感，除了對思想文化的興趣，他對文學創作藝術本身的興趣同樣是一個重要的推動力。

　　波蘭是東歐的「文學大國」，「波蘭是個多難之邦，幾個世紀以來，一直為東西兩個強鄰所侵佔和統治。波蘭文學的主題，大多是為祖國爭取獨立和自由」。[52]因此為喚起獨立自強的激情，寄託屈辱的民族情感，我國對波蘭文學的翻譯自周氏兄弟的《域外小說集》起就非常凸出，20 年代呈現高潮，「30 年代的譯介在已有的基礎上繼續推進……其中以施蟄存、王魯彥用力較多」。[53]1936 年 9 月施蟄存將包括顯克微支、萊蒙特和席曼斯基等在內的 8 篇小說編成

[50] 勞倫斯・韋努蒂，〈翻譯與文化身份的塑造〉，《語言與翻譯的政治》P370，中央編譯出版社，2001 年。

[51] 〈《稱心如意》引言即譯者跋語〉，《北山散文集》P1223，華東師範大學出版社，2001 年。

[52] 〈《域外詩抄》譯後記〉，《北山散文集》P1315，華東師範大學出版社，2001 年。

[53] 謝天振、查明建，《中國現代翻譯文學史》P515，上海外語教育出版社，2004 年。

《波蘭短篇小說集》，分上下兩冊，由上海商務印書館出版，次年2 月和 1939 年 12 月再印兩版，可見其影響頗大。施蟄存 1946 年回到上海之後，又從《波蘭抒情詩金庫》中選譯 20 多首小詩，「作為我巡禮外國文學的里程碑」，[54]部分發表於當時的《大晚報》副刊，80 年代收入施蟄存編《域外詩抄》。顯克微支是波蘭的文學大師，把波蘭的小說創作推上了世界文學的高峰，獲得了 1905 年的諾貝爾文學獎。顯克微支作品的翻譯在 20 年代無論從數量還是所譯作品的代表性來看，都是相當可觀的，30 年代後相對趨於低落，「40 年代只有施蟄存所譯的一個中篇小說，即反映波蘭 19 世紀後期解放農奴後農村依然存在黑暗現實的《勝利者巴爾代克》」。[55]這個譯本先是 1945 年 12 月由福建永安十日談社出版，1948 年 9 月上海正言出版社再版。

周作人曾說過在被損害與被侮辱的國民的文學中，他最為注重的是波蘭和匈牙利的文學，[56]施蟄存也是這樣。1936 年他編選了《匈牙利短篇小說集》，與《波蘭短篇小說集》同時出版，「卷首要有較詳細的導言，概述這個國家短篇小說發展的情況。卷尾要有作者的小傳」，[57]施蟄存為此傾注了大量心血，只因出版時時局動盪，無法實現原計劃，兩本小說集都無導言，作者小傳也只剩了生卒年份。抗戰期間，施蟄存翻譯了匈牙利作家莫爾納[58]的喜劇《丈夫與

---

[54]　〈《域外詩抄》譯後記〉，《北山散文集》P1315，華東師範大學出版社，2001 年。
[55]　謝天振、查明建，《中國現代翻譯文學史》P553，上海外語教育出版社，2004 年。
[56]　參見周作人《知堂回憶錄》P756，河北教育出版社，2002 年。
[57]　〈關於世界短篇小說大系〉，《北山散文集》P1247，華東師範大學出版社，2001 年。
[58]　莫爾納是匈牙利 20 世紀上半葉具有國際影響的劇作家和小說家，第一次世界大戰後，迫於日益嚴重的法西斯壓迫，1940 年僑居美國，直至 1952 年去世。參見《中國現代文學翻譯史》P520，上海外語教育出版社，2004 年。

情人》，1946 年 1 月福建永安十日談社初版，1948 年 9 月上海正言出版社再版。施蟄存認為這是一本「妙書」，是「外國文學遺產中一個優秀的小品」，[59]他欣賞這個民族的機智和幽默，欣賞其中「喜劇的素描」和「極敏銳、極深刻、極諷刺的戀愛心理學」[60]。

　　除上述對波蘭和匈牙利文學的翻譯之外，1945 年 10 月由福建永安十日談社出版的保加利亞、匈牙利、瑞典、猶太、捷克、南斯拉夫諸國短篇小說合集《老古董俱樂部》在施蟄存對弱小民族文學的翻譯中也是「其功可表」。即使在抗戰中那樣艱苦的年代，施蟄存盡最大可能地去搜集、閱讀和翻譯歐洲弱小民族作品，在這些作品中尋找「中國經驗」和我們的文學創作中缺少的精彩表達，《老古董俱樂部》的引言中說：「我們的農民中間，並不是沒有司徒元伯伯，而在我們的小城市中，也有很多同樣的老古董。所可惜的是我們的作家卻從來沒有能這樣經濟又深刻地把他們描寫出來，於是我們不能不從舊雜誌的堆裏去尋覓他們了。」[61]這本書中共有 9 位歐洲小國作家的 10 篇小說，在每篇文後，都有施蟄存對作家作品簡短精闢的書評和所採取英譯本的說明。這本小說集 1948 年 9 月由上海正言出版社再版，改名為《稱心如意》。

　　除了異域文本的翻譯本身，施蟄存對翻譯的貢獻，還體現在他譯介活動的策略上。「一個譯本的影響是保守的還是逾越常規的，基本上取決於譯者所用的翻譯策略，同時也與接納過程中的諸多因

---

[59]　〈《丈夫與情人》新版引言〉，《北山散文集》P1275，華東師範大學出版社，2001 年。

[60]　〈《丈夫與情人》初版、二版引言〉，《北山散文集》P1221。

[61]　《老古董俱樂部・引言》，「北山譯乘」第一輯 II，福建永安十日談社，1945 年。

素有關，包括出版印刷的版式設計和封面美術、廣告樣本、評論者的意見、譯本如何在各種文化與社會機構中被應用，以及它如何被閱讀和傳授等等」，[62]在施蟄存主編的《現代》雜誌的時候，該雜誌的內容和風格在當時是遠比其他雜誌世界化的，不僅有西方新近作品的翻譯，還設有「藝文情報」一欄追蹤世界文壇的名人大事，尤其是《現代》曾計畫每卷介紹一國文學，用三、四年時間達到對外國文學有一個系統性介紹的初步目標，這個宏大的計畫雄心勃勃的第一步是前面提及的「現代美國文學專號」，這個專號中有 4 篇總論、3 篇理論介紹、11 篇作家論、16 篇短篇小說、30 首詩、5 篇散文、1 篇劇本，另有「大戰後美國文學雜誌編目」、「現代美國作家小傳」和「現代美國文藝雜語」等附錄。從上述的羅列中，可以看出，如此文學名家強力推薦，全面集中地介紹美國文學，在中國確實是破天荒第一次，由此帶來的文化、文學上的巨大衝擊。如若這一外國文學的推介計畫能進行下去，其作用和影響可想而知，不容小覷。由於《現代》資方的變動和原編者的離開，這個計畫剛盛大地開了頭，就遺憾地煞了尾。

　　但外國文學的譯介工作，正如施蟄存自己所說：「我們只要進行，即使是像駱駝那麼遲緩地進行著，我們也相信會有收穫的一天的。」[63]施蟄存在 40 年代又策劃了兩套翻譯叢書，一套是 1945 年福建永安十日談社的「北山譯乘第一輯」，福建永安十日談社是由

---

[62] 勞倫斯‧韋努蒂，〈翻譯與文化身份的塑造〉，《語言與翻譯的政治》P360，中央編譯出版社，2001 年。

[63] 〈現代美國文學專號導言〉，原載 1934 年 10 月 1 日《現代》5 卷 6 期，《北山散文集》P1179，華東師範大學出版社，2001 年。

施蟄存的老朋友海岑（陸清源）[64]創辦的，在當時印行了許多文藝書籍，暢銷於東南五省。「北山譯乘第一輯」共十本，除已出版的四本（波蘭作家顯克微支小說《戰勝者巴爾代克》、匈牙利作家莫爾那喜劇《丈夫與情人》、顯尼志勒小說《自殺之前》，以及保加利亞、匈牙利、瑞典、猶太、捷克、南斯拉夫諸國短篇小說集《老古董俱樂部》）之外，計畫中還有美國作家沙洛楊的《沙洛楊小說集》、外國文學逸話《尼采的晚禱辭》、法國繆賽的中篇小說《美痣》、法國特・奈瓦爾的中篇小說《薛爾薇》、外國警句集《沙上之足跡》和法國高克多的劇本《奧車斐》，這是一套抗戰中計畫出版的翻譯作品，內容卻極其豐富，施蟄存始終關注世界文學，在相對封閉的戰時條件下，最大限度地堅持閱讀和翻譯，並且將譯文集中地以叢書形式出版，也是便於讀者購買、收藏、閱讀和傳播的。此外，施蟄存還在十日談社出版了他翻譯的德國作家蘇特曼的劇作《戴亞王》。

　　第二套叢書是 1948 年 9 月上海正言出版社的「域外小說珠叢」，計畫中也是十本，發行人是施蟄存的同鄉好友朱雯。最終出版的三種即十日談社出版的《丈夫與情人》、改名為《稱心如意》的《老古董俱樂部》和改名為《勝利者巴爾代克》的《戰勝者巴爾代克》，其餘如法國作家紀德的《擬客座談錄》和美國作家沙洛楊的《沙洛楊小說選》雖未能按計劃出版，一些篇什也陸續登載在報紙雜誌上。不論是抗戰的戎馬倉皇中，還是戰後一片凋敝、百廢待興時，施蟄存始終堅持著他的翻譯工作，並從各方面推進外國文學

64　上海名醫陸士諤的次子，當時在福建的戰時省會永安行醫，將行醫所得創辦了十日談出版社。參見《世紀老人的話──施蟄存卷》P92，遼寧教育出版社，2003 年。

的譯介，以求產生一定的作用和影響。他 1946 年在《文藝春秋》發表「對日感言」的時候說：「我是一個文化工作者，我以為惟有一個真正的文化交流中，才能使兩個民族獲得彼此之間真正的瞭解。」[65]他所強調的國與國之間文化交流的重要性也是他翻譯工作的動力之一吧。

　　在施蟄存的翻譯生涯中，還有一件不能不說的事——1946 年 4 月 10 日，他與周煦良合編了翻譯雜誌《活時代》。《活時代》這個名字是施蟄存有意摹襲美國刊物《Living Age》起的，這個名字恰如其分地表達了他們當時的願望：艱苦的抗戰結束了，國家要重建，文藝要復興，就需要首先把自身放到整個世界、整個大時代中來。「我們的一呼一吸，都已與世界上任何一個隅角的人息息相通。我們必須要能瞭解全個世界，才能在這個世界上佔據一個恰如其分的地位。」[66]

　　《活時代》是由上海出版公司印行，該公司當時擁有三大雜誌：除《活時代》外，還有鄭振鐸、李健吾的《文藝復興》，柯靈、唐弢的《週報》。《活時代》的定位是「西洋社會生活文化思想半月刊」，施蟄存在創刊詞中也申明「這不是一個文學雜誌」，對於剛走出戰爭的中國人來說，最重要的確實是重新認識這個世界，復甦對時代和生活的觀察力和感悟力，明確自己的位置。何況，一個鮮活的時代和它豐富真實的生活，才是文學的前提和根基。

　　該雜誌把百分之八十的地位讓給譯文，施蟄存強調「我們所採擷的譯文，必須是從該文原載書刊上全譯出來的」，選譯的文摘雖

---

[65]　〈中國文藝工作者十四家對日感言〉，1946 年 7 月 15 日《文藝春秋》3 卷 1 期。
[66]　〈《活時代》發刊辭〉，《施蟄存序跋》P19，東南大學出版社，2003 年。

然取巧，但卻是「極殺風景的舉措」，除了內容的完整外，他還強調譯載的及時和取材範圍的廣泛。《活時代》上的文章都譯自當時上海所能看到的最近、最新的英美報刊，如《American》、《Harper's》、《True》、《Coronet》、《Everybody》、《紐約時報週刊》、《星期六晚郵集刊》等，以及國外的暢銷書籍，內容正如其封面所標示的「思想・知識・科學・家庭・婦女・文學」，涉及到生活的方方面面，他努力地想讓人們感受到自己是處在一個鮮活豐富的大時代中的，而「無法封閉在孤獨與庸愚的隔角裏，過一個古舊的生活。」

　　在剩下的國人自己撰述的特稿部分，施蟄存指出「我們並不需要文學家的想像作品」，他希望展現的是真正的時代生活，他寧可要那「儘管及其拙樸，但那生動的內容一定是驚人的」[67]文章。《活時代》連續三期刊載了黃裳的〈印度小夜曲〉，作者不凡的學養和敏銳的感受力向讀者呈現了有著種種生動細節的真實可感的印度；愛國華僑陳嘉庚的〈論國是〉縱橫捭闔、有理有節，是頗為精彩的政論文；施蟄存自己的〈河內之夜〉採自他自己在抗戰中取道越南的經歷，充滿了神祕詭異的異國風情。

　　《活時代》出版後，很快受到關注。1946 年 5 月 1 日的《文匯報》副刊〈文化街〉對它進行了中肯的評論和推介：「這雜誌介紹了許多新的知識和話題，取材的方向極廣，輕鬆和趣味是它的一個特色。比同型的翻譯刊物，如《西風》、《西點》，水平似乎高一點。」[68]尤其稱讚它的特稿很精彩，為別的雜誌所無，值得一讀。

67　〈《活時代》發刊辭〉，《施蟄存序跋》P22，東南大學出版社，2003 年。
68　潛流，〈書市巡迴《活時代》〉，1946 年 5 月 1 日《文匯報・文化街》。

這篇評論推介文章還特別指出《活時代》的編者是辦過《現代》的資深編輯施蟄存，對他的信任和期待，可見一斑。遺憾的是，這個雜誌只出版了 1946 年 4 月 10 日、4 月 25 日、5 月 10 日三期就告終了。停刊的原因，未見敘述。

第四回

還鄉撫瘡痍，待整旗鼓恢文德
海瀆起塵囂，獨行孤掌意闌珊

　　上一回講施蟄存的翻譯生涯，已經說到他 1946 年 4 月與周煦良合編翻譯雜誌《活時代》。需要交代的是：1946 年春，施蟄存隨江蘇學院從福建回到上海，之後又去徐州江蘇學院新校舍授課，這維持了不到兩個月的雜誌正是在這期間編輯出版的。

　　1946 年 7 月，施蟄存被聘為暨南大學教授，才算是在上海安定下來。這一年年底，他接受了《大晚報》副刊的編輯工作，由主編文學性的週刊到綜合性的日刊，開始了他鮮為人知的戰後編輯生涯，歷時九個多月。在這一回裏，我將試著對施蟄存這一階段的編輯活動做一個詳盡的史料疏理和分析。

　　目前所能看到的最近的施蟄存先生的一份傳略、兩份年表[1]均未提及他在《大晚報》編輯經歷，祝均宙在 1992 年內部發行的《建國前上海地區文化報刊提要摘編》的附錄「上海地區報紙文藝副刊簡目表」中列有該事，施蟄存的編輯時間署為「1946 年 12 月 6 日～1947 年 9 月 15 日」[2]。但副刊名稱卻只寫有《每週文學》，並說明共出 1～45 期，顯然是不確切的。沈建中的〈施蟄存先生年譜初編〉中寫道：「是年（1946 年），接替崔萬秋主編《大晚報》副刊，為時三個月。還在《文藝春秋》、《大晚報》上發表散文和譯作」[3]，言語模糊且有誤，施蟄存接替的是許杰而不是崔萬秋，編輯時間也不止三個月。

[1]　楊迎平，〈施蟄存傳略〉，《新文學史料》2000 年第 4 期。
　　黃德志、蕭霞，〈施蟄存年表〉，《淮陰師範學院學報》2003 年第 1 期。
　　劉凌〈施蟄存著述年表〉，《華東師範大學學報》2004 年第 2 期。
[2]　祝均宙，《建國前上海地區文化報刊提要摘編》，上海市文化局，1992 年。
[3]　沈建中，〈施蟄存先生年譜初編〉，《世紀老人的話·施蟄存卷》遼寧教育出版社，2003 年。

　　沈建中的失誤源自其對施蟄存先生採訪過程中，施先生回憶
有誤。這是施先生自述生平時惟一一次提起自己的這段副刊編輯
經歷。在以往不算少的回憶總結文章中，總是有意無意地漏掉了
這一段。他專門寫文章談過〈報紙的副刊〉，撰寫過〈《域外詩抄》
序引〉[4]，也有好幾次談及《大晚報》，但他就是閉口不談自己曾主
編過《大晚報》的兩個副刊。

　　《大晚報》是民國時期上海地區的重要報紙，他的創辦者曾虛
白是《孽海花》作者曾樸之子、中國的報業先鋒。1932 年，淞滬
戰爭爆發時，曾虛白創辦了上海第一份晚報——《大晚報》。「這才
打定了晚報的天下。《大晚報》著眼在國內外新聞報導，和日報相
間。《大晚報》的電訊精編綜寫，文字簡潔，為讀者所愛好。專欄
刊登戰地特寫，尤為國人所歡迎。」[5]曹聚仁就曾做過《大晚報》
前線採訪記者。該報發行一周，銷量就高達八萬份，這在當時的上
海新聞界是創紀錄的。「《大晚報》乃是上海晚報中的先進，在抗戰
初期發揮很大作用的。」此外，「《大晚報》的壽命，在望平街上是
最大的一家」。早期的《大晚報》，曾虛白功不可沒，「說起了《大
晚報》就會想起曾虛白，報以人傳，人以報傳，非偶然也。」[6]《大
晚報》1941 年 12 月 8 日至 1945 年 8 月 31 日因戰事休刊，1945
年抗戰勝利，9 月 1 日《大晚報》復刊，由胡鄂公主持。

　　40 年代的後半期，是中國現代社會發展的特殊歷史時期，它
的一端是抗日戰爭的勝利，另一端是中華人民共和國的誕生。而在
這兩端之間，中國社會的方方面面，從政治、軍事、經濟到思想、

---

[4]　「域外詩抄」是他主編《大晚報》的〈剪影〉時的一個專欄。
[5]　曹聚仁，《上海春秋》P122，上海人民出版社，1996 年。
[6]　曹聚仁，《上海春秋》P123，上海人民出版社，1996 年。

文化無不發生了棄舊圖新、死生交替的的激烈較量。上海，這二十
世紀以來中國最重要的商業金融和思想文化中心[7]，此時也要立即
恢復它在政治、經濟、文化等方面的原有作用和地位。上海對於國
民黨政權統治的意義重大，也就成為 40 年代後半期國民黨統治最
為著力的地區。同時，上海又一直處於國民黨統治區經濟崩潰的風
口浪尖，成為受損巨大的重災區。[8]在嚴酷的政治和衰落的經濟的
雙重作用下，一向繁盛的上海的文化事業，也深受影響。但另一方
面，抗戰後從四面八方回到上海的作家們積極活躍，政治意識普遍
高漲，「歷時八年的抗日戰爭，導致廣大中國作家在思想方面的一
個重要變化，便是政治意識的增強。」[9]關心、評論甚至參與政治
是戰後中國作家的普遍現象，「而這種現象在四十年代後半期的上
海作家中，表現得尤為集中，尤為明顯」。[10]

　　誕生於 1946 年 5 月 10 日的《大晚報》副刊〈每週文學〉，每
逢週五出版，主編是著名作家許杰先生，他在第一期的〈「每週文
學」發刊自白〉中說到：「正如政治任務上的要求民主和科學的實
現一樣，我們在文藝領域中，也要求實現民主和科學。以民主和科
學為任務的現實主義文學的建立。這是因為不但文學是時代的反
映，現階段政治的要求應該現實的反映於文學當中，而且也因為文
學是一種社會文化現象，他又可能反作用於社會政治，配合政治口

---

[7]　抗戰時期，中國的政治、軍事、經濟、文化等中心統統西移，上海一度淪陷。

[8]　進入 1949 年，上海的城市經濟和市民生活都陷入開埠以來最糟糕的境地。
　　參見陳青生《年輪──四十年代後半期的上海文學》P5，上海人民出版社，
　　2002 年。

[9]　陳青生，《年輪──四十年代後半期的上海文學》P12，上海人民出版社，
　　2002 年。

[10]　同上。

號的提出，可能促使政治任務的實現的。」並發出如下的號召：「我
們的目標只有一個，是文藝上的民主和科學，是通過每一個作家和
讀者的努力，用全身心擁抱的精神、貢獻出自己的力量、文藝創作
的實踐以配合並且完成政治上的民主和科學運動的完成。」[11]

　　許杰的主編時間截止到 1946 年 11 月 8 日，共主編 27 期。這
一時期的〈每週文學〉充滿著嚴肅的戰鬥的氣息，把文學看作求得
政治上民主解放的一個工具，和中國社會政治現實緊密結合。主要
作者有林煥平、莫洛、熊佛西、馮雪峰、姚隼、司徒宗、任鈞、許
杰、駱賓基、茅盾、艾蕪、宋蓮、趙景深等，常配有美術作品，多
為木刻，也有豐子愷的時事諷刺漫畫。

　　說起《大晚報》，施蟄存與它的淵源就不能不提，當年沸沸揚
揚的「《莊子》、《文選》之爭」便是「禍」起《大晚報》。崔萬秋主
編《大晚報》副刊〈火炬〉，「徵求青年文學修養書目，我以『莊子、
文選、顏氏家訓』三部書應徵，引起魯迅先生的譏彈，以及其他諸
位文豪的圍攻，使我至今還留著瘡疤給人挖弄，這也是《大晚報》
給我的恩典。」[12]說來也巧，施蟄存抗戰結束返滬後「第一天出門，
下了一路電車，第一個碰到的老朋友就是《大晚報》現任總主筆汪
倜然兄」[13]，他與《大晚報》的淵源註定要再深一層。

　　施蟄存 1946 年 12 月 6 日接編了這一副刊，接編後仍是每逢週
五出版。此時的施蟄存，對因戰爭而凋敝的中國和中國文藝界充滿
了期待，他曾在一篇〈復興法蘭西〉的譯文後說道：「法國文壇已

---

[11] 編者（許杰），〈每週文學發刊自白〉，1946 年 5 月 10 日《大晚報‧每週文
　　學》。
[12] 〈大器晚成〉，1947 年 9 月 1 日《大晚報‧復刊兩周年紀念特輯》。
[13] 同上。

在進行極為全面的復原工作。回看我們自己的文藝出版界，真有點窒息……這篇短文極有意思，可以看作是法國文藝工作者在勝利之後重整旗鼓的宣言，我很高興把它翻譯如上，並且，讓我們把法蘭西這幾個字改為『中華民國』好不好？」[14]，施蟄存在這之前有過辦報紙副刊的經歷[15]，他明白「報紙的文藝副刊確實不容易編，要下大力氣。不能跟風，不能憑個人興趣愛好，要當事業來編才行。」[16]但他仍舊接下了《大晚報》副刊的編輯工作，懷著期待，重歸離開近十年的編輯崗位。

　　在《每週文學》重新排號的第一期上，有署名「蟄存」的〈接編的話〉，在這篇小短文中，施蟄存不同於他的前任，他突出的是「文學」。他對當時的中國社會有一種迷茫失望的情緒，「想想還是回頭來談談文學，多少還有幾個嗜癡同癖的朋友，大家在一起取得些溫暖。」他把這小小的副刊看作是庇護心靈的文學園地，暗暗地寄託了他抗戰後對於「文藝復興」的希望，和許杰先生的「政治第一」顯然不同，他希望文藝回到一個百花齊放的繁榮狀態。「為了重視這一小塊園地，編者頗希望它在小範圍內繁榮起來，當然不能種成偉大的文藝松柏，也希望藉此栽培一些小巧玲瓏的文藝花草。西諺曰：『雖然少，卻是玫瑰。』這可以用作我們的銘語」。[17]一個

---

[14]　〈復興法蘭西——一段譯文及一個跋語〉，1946 年 10 月 5 日《申報·春秋》，《北山散文集》P574，華東師範大學出版社，2001 年。

[15]　據施蟄存的回憶「那時有一家《時報》，老闆辦不下去了，就把報紙賣給了黃伯惠，應黃伯惠之邀，我辦了兩個月的副刊」，參見《世紀老人的話——施蟄存卷》P77，推算這次編副刊的時間應在 20 年代初，由於《時報》副刊中沒有編輯的署名，施蟄存編輯的具體時間和情況待考。

[16]　《世紀老人的話——施蟄存卷》P77，遼寧教育出版社，2003 年。

[17]　〈接編的話〉，1946 年 12 月 6 日《大晚報·每週文學》，署名蟄存。

文藝上的自由主義的施蟄存，又通過〈每週文學〉這個小園地呈現在讀者面前。

　　在他主編的〈每週文學〉中，作品的「文學性」得到顯著增強，尤其是外國文學翻譯作品占了很大比重，而且有一些世界同期的文學狀況和作品的評述，他似乎想讓由於戰爭的發生屈就了很久的文學重新走進中國人的生活，中國人也要應當再次放眼看到世界的文學寶藏和發展趨向。這是一貫的心中始終有一個「活時代」的世界地圖的施蟄存。除了施蟄存自己的短小雜文與翻譯短文[18]之外，他積極向其他作家約稿[19]，主要文章作者有林庚、金克木、莫洛、徐中玉等，主要譯者為戴望舒、薛衡、馬御風等。需要說明的是，1947年2月到3月間，《大晚報》有一個暫時的休刊。

　　施蟄存主編〈每週文學〉副刊的時間並不長，截至到1947年5月23日為止，據他在後來的〈從今晚開始〉一文中說共主編了16期。[20]

　　從1947年5月30日起，施蟄存接編《大晚報》每日的綜合性副刊〈剪影〉。他在1947年9月1日「《大晚報》復刊兩周年紀念特輯」中〈大器晚成〉說到自己接編這一副刊的緣由：「去年夏天，汪倜然和朱曼華兩公找我替《大晚報》寫點閒談文字，我雖一口答

---

[18] 值得注意的是，在《大晚報》上的翻譯文章，施蟄存除了署本名外，還用了一個較少使用的筆名：陳玫。

[19] 如徐中玉在〈回憶蟄存先生〉中就曾提到「那時他正在為《大晚報》編副刊，要我寫點小文」，參見《慶祝施蟄存先生百年華誕文集》P2，上海古籍出版社，2003年。

[20] 就目前所能查閱到施蟄存編〈每週文學〉只有14期，上海圖書館藏《大晚報》缺1947年1月9日至24日，這其中可能缺兩期。

應，事實上卻沒有動筆……今年朱汪二公又找我幫忙弄副刊〈剪影〉，想想不好意思再口是心非，於是勉強卷起袖口來試試」。[21]

接編當晚的〈從今晚開始〉中，施蟄存說明原先的副刊〈每週文學〉停止，「〈剪影〉並不是一個文學刊物，但既然編者是一個搞文學的人，它自然也將多少傾向於文學。由此說來，也可算是〈每週文學〉併到這裏來了。」他對於該副刊來稿要求，強調「言之有物」，「不很歡迎空洞的抒情散文」，這一點他在後來的編者的話中屢屢提到。另外，他認為「報紙是時間的記錄者，即使副刊上的文章，也希望有尖銳的時代性。」[22]除星期一休息外，〈剪影〉每晚出刊，可想而知，編輯的工作量是相當巨大的。

主編〈剪影〉伊始，從所刊登文章的作者和內容等方面能看出，施蟄存頗費心思。比如在詩歌方面，新詩或舊體詩幾乎每天都有，新詩包括「新詩拔萃」和「域外詩抄」，也有王季思、沈尹默、章士釗等人發表於「今詩載」或「今詞載」的舊詩詞。詩作的大量刊載和主編施蟄存的個人興趣是分不開的，施蟄存說過：「我是最喜歡讀詩的」[23]，少年時代他就熟讀舊體詩詞、浸染其中，抗戰時更是集中創作了大量的舊體詩[24]，1947 年 7 月 10 日的「今詩載」中也有他的一首〈春日泛苕溪〉[25]；新詩方面，在《現代》提倡現代派詩的，除了戴望舒就首推施蟄存了，他也一直堅持著外國詩的閱

---

[21]　〈大器晚成〉，1947 年 9 月 1 日《大晚報・復刊兩周年紀念特輯》。

[22]　〈接編的話〉，1947 年 5 月 30 日《大晚報・剪影》，署名蟄存。

[23]　《《流雲》我見》《北山散文集》P881，華東師範大學出版社，2001 年

[24]　施蟄存說：「抗戰八年是我寫作散文和舊體詩最多並且也是最集中的一段時期。」參見《世紀老人的話──施蟄存卷》P95，遼寧教育出版社，2003 年。

[25]　即後來被收錄《北山樓詩》的〈春日泛苕溪口號〉，《北山樓詩》P8，華東師範大學出版社，2000 年。

讀和翻譯。另外，〈剪影〉中「週末閒談」、「日常科學」等專欄也很見特色，施蟄存尤為注意編者和作者、讀者之間的交流，不時地將自己的編輯體會和作者讀者的建議意見開誠佈公地來談。在 6月 14 日的〈兩周編感〉中施蟄存欣慰地說：「我們已經有了一些舊詩詞、一些新詩和譯詩，一些掌故和筆記，一些抒情小品，一些風土人物記錄，尤其是每星期六，我們有了一篇『週末閒談』，雖然只出現過兩次，卻已博得不少好評。」[26]他希望「使每一位讀者都能在此地讀到一些他所認為『有點意思』的文章。」

　　根據自己的閱稿經驗，施蟄存一再申明「言之有物」的要求，「我希望以後的〈剪影〉能走上一條新的路線，那就是：每篇文章都是有事實的。換言之，即儘量減少空洞的抒情文字（當然，詩不在此列，如果我們不要抒情的詩，那就太現實了）。」當他的編輯工作越來越全面展開的時候，他就越來越意識到當時文學水平的嚴重低落，文學青年的根底不深，受當時風氣影響，多做空洞的呼號，「今天的投稿比十年二十年前的投稿幼稚到如此地步，一半固然是因為近來青年人語文程度之低落，一半也是編輯先生無意間在那裏提倡這種文字。」施蟄存的副刊編輯活動定位是清醒明確的，他也關注社會現實，希望所刊登的文章能接近民眾的生活，「報紙是大眾的讀物，這句話我應該特別提出來讓投稿諸君注意。」[27]他一再刊登「徵稿啟事」或以編者身份寫一些文章呼籲：「『少一點抒情多一點寫實』，抒情文亦非決不可寫，但必須有內容。」

---

[26] 〈兩周編感〉，1947 年 6 月 14 日《大晚報・剪影》，署名蟄庵。
[27] 〈編者跋語〉，1947 年 6 月 20 日《大晚報・剪影》，署名蟄庵。

　　作為曾主編過《現代》的資深編輯，施蟄存強調編輯的獨立性與重要作用，有自己的獨立的完整的編輯思想，1947 年 3 月 15 日的《文藝春秋》的「推薦新人問題筆談會」上他談到：「一個編者對於新人的作品，當然應該用掘寶者的心情去處理它」，「一個雜誌編者發現的新人，只有這個編者自己能把他拉上臺來介紹給讀者。」[28]他在《大晚報》確實開始做一些「文學扶貧」的工作：「我願意替投稿的青年看稿，盡可能地批註意見，但選錄的標準，卻要儘量提高。我並不是杜絕青年的寫作之路，剛巧相反，我希望盡我的一份綿力，提高青年的寫作程度」；「『給初學寫作者』，這誠然是很有益的，但我一時不會寫。因為這必須是一篇非常具體的文章。」；「我希望過一些時候，能夠請一位不尚空談的詩人來談談新詩，然後從散文、小說各方面去找專家來寫一點寫作方法與欣賞方法的文字，貢獻給我們的青年讀者」。[29]

　　施蟄存的〈剪影〉副刊編輯活動，不同於他三十年代《現代》、《文飯小品》等編輯活動，來稿者中儘管也有沈尹默、金克木、徐中玉、李白鳳、王季思等名家，但占絕大多數的不再是同聲相契的友人或作家手裏，範圍更廣更寬，文學水平層次高低不等。施蟄存一方面編輯的大方針大致不變：言之有物、有趣味、跟時代同步等等；另一方面又根據具體情況，不斷調整編輯策略，提高作者的積極性和讀者的閱讀興趣。

　　但戰後的文學環境與三十年代中前期已大為不同，在晚年惟一一次談及這段編輯經歷時，施蟄存說道：「那時，上海的文化、出

---

[28] 施蟄存、孔另境、許杰等，〈推薦新人問題筆談會〉，1947 年 3 月 15 日《文藝春秋》4 卷 3 期。

[29] 〈編者跋語〉，1947 年 6 月 20 日《大晚報・剪影》，署名蟄庵。

版方面的情形非常不景氣，整個處於低氣壓狀態中，亦非始料所及。」[30]不可否認的是，這份副刊編輯工作是讓施蟄存身心俱疲，最終也感到失望的。這也許就是他一直不願提及此事的原因。

　　施蟄存在接編〈剪影〉的時候，曾說過：「這個編務將在什麼時候終止，我不知道。也許不過一個月，也許可以長久些。」[31]他的「剪影」編輯時間也可算得上「長久」，約有三個多月。《大晚報》上雖然沒有更換「剪影」編者的聲明，但 1947 年 12 月 18 日「剪影」副刊中編者的〈編餘贅語〉談到：「〈剪影〉自十月份開始，顯然走了另外一條路」，1948 年 4 月 14 日〈剪影〉副刊中又有「編者」的〈致作者讀者〉一文，文中談到：「我接編本刊已經七個月了。」據此推斷，施蟄存的〈剪影〉主編工作截止到 1947 年 9 月 14 日。而且從 9 月 14 日起，「剪影」上未見施蟄存先生的文章，帶有明顯的施蟄存趣味的「今詩載」、「今詞載」、「新詩拔萃」和「域外詩抄」這一系列詩歌欄目也告結，翻譯文章也漸少至無。祝均宙的書中將施蟄存《大晚報》副刊編輯工作截止日寫為 9 月 15 日，但該日為週一，非〈剪影〉出版日，副刊為趙景深的〈通俗文學〉。顯然，施蟄存編〈剪影〉的截止時間定為 9 月 14 日更為恰當。他最終沒有回到現代文學的編輯工作上來，大學古典文學的教授已是他的主業了。

　　當施蟄存的這一段塵封很久的《大晚報》兩個副刊的編輯活動展現在我們面前的時候，當我們看到他一改許杰主編的強調「政治性」的〈每週文學〉為突出「文學性」的〈每週文學〉；看到他從

---

[30]　沈建中，《世紀老人的話・施蟄存卷》P98，遼寧教育出版社，2003 年。
[31]　〈接編的話〉，1946 年 12 月 6 日《大晚報・每週文學》，署名蟄存。

文學副刊〈每週文學〉做到偏重文學的綜合性副刊〈剪影〉；從躊躇滿志要做成內容豐富充實的「時代多棱鏡」的〈剪影〉到努力了三個多月後，終擋不住〈剪影〉越來越散漫蕪雜而告終，我們對四十年代後期的文學環境或多或少有了一些不同於以往任何時期的感性認識，然而，儘管是「獨行孤掌意闌珊」，施蟄存在這一時期的活動留給我們的仍是他一貫的完整的形象：一個文藝上的自由主義者、一個緊密聯繫時代和社會的文學家、一個關注世界的成熟的編輯，或者，最簡單的，一個有責任感的文化工作者。

　　本土和域外、鄉村和都市、古典和現代、傳統和前衛、還有被一再提及的我認為最重要的「文藝上的自由主義」和「政治上的左翼」，施蟄存就能將這些反差融為一體，相對又相依地存在著，是後人很值得玩味和借鑒的文化立場和選擇，這些特點對於他確乎是貫之一生的，然而在不同的時間段上，雙方有消有長，側重點是不同的。四十年代後期的施蟄存已經基本上是一個「學院」的施蟄存，〈剪影〉上「今詩載」、「今詞載」欄目的開闢，大量舊體詩詞的刊載，顯示出他此時的主要興趣、他的晚年趨向。施蟄存解放後全面轉向了古典文學的和金石碑版的研究，在他的〈剪影〉時期就能看出端倪。

餘論

且待下回分解？

　　《現代》之後的施蟄存，經歷了三、四十年代的文壇浮沉和一系列重要的個人努力和選擇，最終沉潛到前現代的世界裏去了。1949 年之後，他很少出現在文壇的種種熱鬧當中，以沉默內斂的姿態從事著古典文學和金石碑版的研究，這些，已不屬於本文限定的中國現代文學範疇了。那麼，我曾經雄心勃勃地想要講完的「故事」就這樣草草收尾了嗎？

　　我深深地惶恐。

　　給本書擬上章回體標題，似乎正適合接受施蟄存當年所作的批評，說作家們「不免常常為舊文學的形式所誘惑」。我的這一小小嘗試本是希望擺脫論文寫作的生硬，以講故事的口吻舒緩從容地講出自己所集所思所得。但又不同於一般故事的「推進式」的講法，我期望以推進中的不斷「回溯」來體現出學術研究的特點。知易行難，這個「新」形式也帶來了別的「新」限制，原來，學術研究從來就不可能是一個「光滑」的故事。

　　像一個初入行的生澀緊張的說書人，我一刻不停地講著，嘴巴在前面不停地動，聲音在耳畔不停地響，我的心卻在微慍的靜默中努力清點著那些遺漏的、缺失的、迅速滑過的、淺談輒止的、有疑問的或礙於討論範圍的限制而未能談及的地方。

　　施蟄存擱淺的長篇小說除了文中提到的四十年代的《浮漚》之外，早在三十年代中期他就曾計畫總結自己十年寫作經驗，創作長篇小說《銷金窩》，以南宋都城臨安為背景，寫當時的國計民生。這是一個偏僻小城逐漸成為繁榮的城市的故事，「城市」將成為他筆下的主角。鄉土中國歷來不重城市，施蟄存在三十年代的上海對「城市」這個主角的選定頗有令人玩味之處。

　　施蟄存〈黃心大師〉的創作和他追求的「純中國式的白話文」
涉及到一個可以進一步展開的重要問題——文學傳統的現代性轉
換。我們試著不從施蟄存的「現代」出發，然後認識到他的創作中
也有「傳統」因素；而是換個角度從他的「傳統」出發，看到他從
小深受中國傳統文化的薰染，對中國傳統有著深厚認同感、內化於
心的也是一種古典的認知模式[1]，他是在這個自覺或不自覺的背景
下，接受「現代」文化，在探索和追求中不斷地進行反思和「自我
糾偏」，從他身上也可以找出一條圍繞著中國文學傳統，找尋和建
立自己的文學模型的線索。他的小說方式，來自他的閱讀、他的現
實判斷，也來自他傳統的審美趣味。他最早向「鴛鴦蝴蝶派」雜誌
投稿，顯然有著審美趣味上的某種契合；小說集《上元燈》在情調
上繼承著中國傳統，有著晚唐詩的意境，「汲取了西方小說的章法，
又不失東方文學的神韻」。[2]這之後的小說集《將軍的頭》運用佛洛
伊德理論，對歷史故事進行重寫，為傳統故事引入「現代」的邏輯；
小說集《梅雨之夕》中的〈魔道〉、〈夜叉〉〈凶宅〉等，按照劉禾
的說法，是為中國文學的志怪傳統提供了一次借屍還魂的機會，使
得古代志怪小說合法化，我在本書的第二回曾有提及，並且不認同
這一看法。但是，施蟄存少年時喜歡李賀與李商隱的詩，追求奇僻
的成分和幽晦的色彩，為他今後創作這類小說，多少是埋下了些伏
筆的；他藉由〈獵虎記〉、〈黃心大師〉等作品的關於「瓶」和「酒」
的想像與實踐中，對傳統的承繼和更新自不待言；他明確提出排除
舊小說的俗套濫調和歐化的句法，追求純中國式的白話文，可以說

---

[1]　郭詩詠，〈論施蟄存寫作中的「文學傳統」〉，《慶祝施蟄存先生百年華誕文
　　集》P95-97，上海古籍出版社，2003 年。
[2]　楊義，《中國現代小說史》P668，人民文學出版社，2001 年。

是這條線索上發展的一個結果，或者，更確切地說，仍是發展中的重要一環。在這之後，施蟄存少有小說創作，這條線索也就被懸置起來。那麼，到了張愛玲那裏，當她的〈金鎖記〉、〈心經〉等小說將中國傳統的敘事模式與極富現代性色彩的非理性的思想內涵完美結合的時候，是否可以算接上施蟄存的這條線索，將他對「純中國式的白話文」的追求向前推進了一大步呢？

施蟄存在現代文學史上的兩個頭銜：「新感覺派」和「洋場惡少」都是在斥責聲中和棒喝之下被硬生生地冠上的，他當然辯解過，但無奈這兩個頭銜實在太大，名聲也傳出去了，他只好一面習慣了它們，一面堅持著自己。我們與其說「新感覺派」，將他與劉吶鷗、穆時英放在一起談，不如說說早在 1922 年就和施蟄存在一起組織蘭社、後來一起辦了諸多文學刊物的齊稱為「三劍客」的戴望舒和杜衡。當施蟄存談到「文藝上的自由主義和政治上的左翼」時，是企圖概括他們三個人的，他們共同的文學活動、具體的文學領域和文學觀的異同、互相之間的影響，以及最終選擇的不同道路都是現代文學研究和對他們個人的研究中極富意味的部分。而施蟄存與「洋場惡少」的命名者魯迅之間的關係更有從頭好好疏理的必要，探求魯迅對他的批評的立場和層面、他對魯迅秉承的一貫的基本看法和態度以及漸生的微妙變化，由此還帶出第一回已略有闡述，但仍有很大研究空間的他對左翼的看法、與左翼之間在公或在私的關係問題。

從文學創作的前沿到古典文學的講臺之間的轉換，施蟄存做得穩健而自然。這源自他的性格，也源自他廣泛的興趣。但這樣的「轉換」用「性格」與「興趣」就可以一筆帶過嗎？他的轉換中是否有過徘徊與掙扎，轉換後是否有過不為人知的回歸和嘗試？施蟄存曾

回憶說；「我也拋棄了文學，轉移興趣於金石文字。自己也覺得這是一個諷刺。從前魯迅放下了古碑，走出老虎尾巴來參加革命；我也原想參加革命，或說為革命服務，結果卻只落得躲在小閣樓中抄古碑。」[3]這段話，可以讓我們有一點的懷疑，從而思考另一種可能，但聽一個人說話，也要看說話的時間和場合，我們得矜持著，再聽聽，再看看，期待著還有文學史料的發掘讓我們耳目一新。

除上述種種之外，還有很多遺憾。但，也只能這樣了，立此存照──包括我最初的「無畏」，過程中有過的愉悅、徘徊、困頓和忍不住的心浮氣躁，以及最後的惶恐。

且待下回分解？

我彷彿看見那個站在臺上的自己，聲音已經落了下去，嘴巴卻微張著。就把這個並不美麗的姿態留著吧，也許我以後會繼續講，也許會有更多的人來講，這才更有把問題拓展開來、深入下去、講好「故事」、做好研究的可能性。

於是，我最終是期待並高興著的。

2005 年 5 月 5 日
立夏

3　〈懷念李白鳳〉，《北山散文集》P235，華東師範大學出版社，2001 年

附錄一：《文飯小品》目錄

創刊號　1935 年 2 月 5 日

創刊釋名	康嗣群
發行人言	施蟄存
說瀟灑	林語堂
平地城	李廣田
古音系研究序	周作人
澄江堂雜記抄（日本芥川龍之介）	鄭伯奇
讀書與讀人	劉大杰
微言：文藝雜誌之多	露醒
山人辯	玄晏
小學	雲中居
疑問號	雕菰
創作的典範	施蟄存
讀禮隨筆	葉秋原
露水船・影（詩）	沈啟无
魯吉・皮蘭德婁	金谷
談談幾篇小說	黎錦明
絮語：燈	靳以
桌布	宗植
雨天	南星

書	林庚
夢醒的時候	甘永柏
沉淪	麗尼
卡萊爾論詩的真實	杜衡
國際人物臥訪錄	張天翼
買書	阿英
阿爾西亞‧洛爾加詩抄	戴望舒
畹姑紀念	康嗣群
柴霍甫回憶記（柴霍甫夫人）	黃澤浦

第二期　1935 年 3 月 5 日

論詩的滅亡及其他	金克木
春愁	郁達夫
記王謔菴	沈啟无
說窮	劉大杰
出走之後（小說）	張天翼
蕉葉（詩）	程鶴西
微言：為誰寫作	蒙葵
不隔	雕菰
何謂典範	施蟄存
主觀與客觀	張夢麟
再籤一下	歌川
某刊物	酉生
蘇俄詩壇逸話（高力里原著）	戴望舒
雨的滋味	梁雲

告一個到英國去的法國青年（莫洛阿原著）	朱雯
尋病記	徐訏
絮語：蛙鳴	蘆焚
舊居	王瑩
暗夜行路	羅洪
梅　散記	英子
懷依君	康嗣群
掛枝兒	趙景深
苔　的溪水上	徐遲
靄里斯的懺悔	趙家璧
寶玲小姐憶語（迦桑諾伐原著）	施蟄存

第三期　1935 年 4 月 5 日

食味雜詠注	知堂
詩的韻律	林庚
小甜水井	止齋
慈善啟蒙	林語堂
三槐序	俞平伯
創造病（小說）	老舍
微言：存文會與簡筆字	雕菰
再說賣文	魏金枝
服爾泰	施蟄存
人與文	芻尼
小說瑣志	畢樹棠
飛魚（小說，法國須拜爾維埃原著）	羅莫辰

少年行（詩）　　　　　　　　　　　　　金克木

皋亭山　　　　　　　　　　　　　　　　郁達夫

絮語：蜜蜂　　　　　　　　　　　　　　豐子愷

腳底下的夢想　　　　　　　　　　　　　傅彥長

雁行折翼　　　　　　　　　　　　　　　李金髮

北行散記　　　　　　　　　　　　　　　劉白明

閒居散記　　　　　　　　　　　　　　　黃葉村

蘇俄詩壇逸話（續載）　　　　　　　　　戴望舒

詩發緣　　　　　　　　　　　　　　　　阿英

無相庵斷殘錄：1.關於王譴庵　　　　　　施蟄存
　　　　　　　2.秋水軒詩詞

第四期　1935 年 5 月 30 日

本刊出版衍期道歉　　　　　　　　　　　施蟄存

論崇高　　　　　　　　　　　　　　　　梁宗岱

科學小品　　　　　　　　　　　　　　　知堂

東京隨筆　　　　　　　　　　　　　　　冰瑩

他們三個　　　　　　　　　　　　　　　李廣田

微言：代人夾纏　　　　　　　　　　　　施蟄存

過問　　　　　　　　　　　　　　　　　施蟄存

彼可取而代也　　　　　　　　　　　　　施蟄存

談變戲法的人及其藝術　　　　　　　　　穆鈴

讀人與讀文　　　　　　　　　　　　　　周毓英

古舟子詠（詩）　　　　　　　　　　　　玲君

炭店（小說）　　　　　　　　　　　　　黑炎

蘇俄詩壇逸話（續）　　　　　　　　　　戴望舒

贈遠（詩）　　　　　　　　　　　　　　啟无

絮語：別人的事　　　　　　　　　　　　陳如

信　　　　　　　　　　　　　　　　　　陳如

老婆婆　　　　　　　　　　　　　　　　亢德

晚山　　　　　　　　　　　　　　　　　另境

三個做爺的詩　　　　　　　　　　　　　陸慚

一枕之安（小說／美國弗蘭克原著）　　　徐遲

冷眼觀　　　　　　　　　　　　　　　　阿英

「煙」──我的憂鬱　　　　　　　　　　康嗣群

第五期　1935 年 6 月 25 日

談勞倫斯的詩　　　　　　　　　　　　　南星

病及其他（勞倫斯詩選）　　　　　　　　南星

事之餘音（散文）　　　　　　　　　　　嚴文莊

地圖（散文／日本永井荷風）　　　　　　知堂

甘苦（詩話）　　　　　　　　　　　　　林庚

微言：十竹齋的小擺設　　　　　　　　　難知

「雜文的文藝價值」　　　　　　　　　　施蟄存

傅東華的告白　　　　　　　　　　　　　列夫

「不得不讀」的莊子和顏氏家訓　　　　　施蟄存

漂亮的詭辯　　　　　　　　　　　　　　靈修

劫數（小說）　　　　　　　　　　　　　黎錦明

閒步庵隨筆　　　　　　　　　　　　　　沈啟无

一個乾淨的，光線好的地方（美國／海敏威）　李萬鶴

老人臨水（詩／愛爾蘭夏芝）　　　　　　安

絮語：初夏的一日　　　　　　　　　　味橄

家書　　　　　　　　　　　　　　　　魏中天

社戲　　　　　　　　　　　　　　　　英子

煙波江上　　　　　　　　　　　　　　楊實君

蘇俄詩壇逸話（續）　　　　　　　　　戴望舒

南枝（隨筆）　　　　　　　　　　　　葉原

第六期　1935 年 7 月 31 日

說本色之美（論文）　　　　　　　　　林語堂

二十世紀小說之態度（論文／日本西脅順三郎）　　高明

蔭路及其他（詩）　　　　　　　　　　陳江帆

說夢：夢（日本芥川龍之介）　　　　　鄭伯奇

JXUKU 川（日本志賀直哉）　　　　　鄭伯奇

說夢　　　　　　　　　　　　　　　　江寄萍

擬今人尺牘（幽默）　　　　　　　　　金克木

微言：朋友文學說　　　　　　　　　　立晏

盾還是盾　　　　　　　　　　　　　　雕菰

新聞轉載　　　　　　　　　　　　　　順民

無相庵斷殘錄：3.〈鄰二〉之佚文　　　施蟄存

　　　　　　　　4.橙霧

　　　　　　　　5.八股文

蘇俄詩壇逸話（續）　　　　　　　　　戴望舒

楊柳風序　　　　　　　　　　　　　　李長之

木刻四話（藝術欣賞）　　　　　　　　阿英

無題（短篇創作）　　　　　　　　　　　　　　施蟄存

市聲小品（散文）：1.爛銅小販　　　　　　　　林蔚春

　　　　　　　　　2.樂器腳商

　　　　　　　　　3.賣橄人

「晁采館清課」（讀書記）　　　　　　　　　　周劭

如可夫斯基案件（蘇聯尼庫林作小說）　　　　　貝葉

附錄二：《活時代》目錄

創刊號　1946 年 4 月 10 日

發刊辭	編者
本刊特稿：印度小夜曲	黃裳
河內之夜	施蟄存
軍事佔領能成功嗎？	楊彥劬譯自 1945 年 9 月 Harper's
戲臺上的真皇帝	（英）Dauglas Ainslie
	許元譯自 1945 年 12 月 Esquire
我在中國獲得了愛	（丹麥）Karl Eskelund
	孟玉譯自 1945 年 9 月 American
誰是蔣主席的繼承人？	（英）Doon Cambell
	清波譯自 3 月 6 日路透社特稿
水底下的迷陣	譯自 4 月 1 日《星期六晚郵集刊》
從來不穿制服的上將 Kurt Singer	薛衡譯自 1945 年出版
	《第二次世界大戰間諜史話》
一個銀行家的戰爭觀	譯自 1945 年 12 月 Harper's
新聞記者帽子裏的玄虛	（美）Nina Virian
	葉治譯自 1946 年 1 月 True
美國旗上的四十九顆星	未署名
蘇聯之謎	未署名
歐洲婦女做些什麼？	（美）Dorothy D. Crook

	西濛譯自 1 月 13 日《紐約時報週刊》
是月也，龜出於海	（美）Herbert Ravenal Sass
	賀若璧摘譯自 1945 年 10 月
	《星期六晚郵集刊》
雞尾酒的來歷	譯自 1945 年 5 月 True
誰有原子能？	（美）Frederick G. Brownell
	陸貞明譯自 1945 年 2 月 American
蕭伯納的新幽默	譯自 3 月 24 日合眾社倫敦電
巴黎公主多	譯自 3 月 10 日路透社巴黎電
DDT 與自然界底均衡	（英）Dr. V. B. Wigglesworth
	孫靜譯自 1945 年 12 月《大西洋月刊》
瘋狂舞蹈家聶芹斯基在維也納	（美）William Walton
	彥劬譯自 1945 年 9 月 10 日 Life
重要的政治活動正在德國展開	（美）Hubert Harrigon
	安華（施蟄存）譯自 3 月 13 日
	路透社特稿
我們穿過沙哈拉沙漠	（美）Ernie Byle
	魏葑譯自美國暢銷書《這是你的戰爭》

第一卷第二期　1946 年 4 月 25 日

國際聯盟的一筆總帳	Flora Lewis & Ralph Heinzen
	舟齋綜譯自聯合社與合眾社的報導
我們怎樣逮捕戈林	（英）Harold L. Bond
	賀若璧譯自 1946 年 1 月
	《星期六晚郵集刊》

偉大的發明是偶然的錯誤　　　　　（美）Josephine M. Opsahl
　　　　　　　　　　　　　　　　木訥譯自 1946 年 2 月 Coronet

雞毛做的衣裳　　　　　　　　　　（美）Clarence Woodbury
　　　　　　　　　　　　　　　　青岱譯自 1945 年 10 月 American

納粹法國特務魔王外傳　　　　　　（美）Michael Sten
　　　　　　　　　　　　　　　　陳玫（施蟄存）譯自 1945 年 5 月 True

關於法國電影的第一個報導　　　　（美）Marvin Sleeper
　　　　　　　　　　　　　　　　孟玉譯自第 1 卷第 8 期 Yank

天空劇場　　　　　　　　　　　　（美）Alan Hynd
　　　　　　　　　　　　　　　　葉曉鐘譯自 1945 年 11 月 Coronet

關於羅斯福總統的保鏢　　　　　　（美）Michael Sayers
　　　　　　　　　　　　　　　　靖文譯自 1945 年 9 月 Coronet

日本的三百萬墮民　　　　　　　　（美）Albert A. Brandt
　　　　　　　　　　　　　　　　魏葑譯自 1945 年 4 月 28 日澳洲
　　　　　　　　　　　　　　　　《袖珍週刊》

米蘇里艦上的史劇　　　　　　　　（美）William L. Worden
　　　　　　　　　　　　　　　　西濛譯自《星期六晚郵集刊》

上將的新間諜技術　　　　　　　　（美）Kurt singer
　　　　　　　　　　　　　　　　薛衡譯自《第二次世界大戰間諜史話》

佛朗哥為什麼不參戰　　　　　　　Frank Gervasi
　　　　　　　　　　　　　　　　李偉莊譯自 1945 年 12 月 15 日
　　　　　　　　　　　　　　　　Collier 週刊

好萊塢的獅星　　　　　　　　　　（美）John Franchey
　　　　　　　　　　　　　　　　陸貞明譯自 1 月 6 日《紐約論壇報週刊》

加爾各答與菩提伽雅　　　　　　　黃裳

本刊特稿：三春花草　　　　　彭咸

　　　　　我開紙坊　　　　　　舟齋

時代小知：山羊是消滅不了的　齊昆譯自 2 月 Coronet

　　　　　每百年需要十五個地球　譯自 4 月 19 日聯合社華盛頓電

　　　　　盲人導行器　　　　　譯自 3 月 11 日 Life

　　　　　詩哲的住宅　　　　　譯自 3 月 28 日路透社加爾各答電

　　　　　生理知識十問　　　　未署名

　　　　　魚從天降　　　　　　未署名

　　　　　菲洲女兵及其他　　　譯自《紐約客》等

第一卷第三期　1946 年 5 月 15 日

本刊特稿：論國是　　　　　　陳嘉庚

　　　　　關平遇虎記　　　　　弘復

　　　　　群鶯亂飛　　　　　　黃裳

春到歐洲　　　　　　　　　　舟齋譯自 4 月 8 日美國《時代週刊》

猴子催眠曲　　　　　　　　　未署名

罪與罰在紐倫堡　　　　　　　Nora Waln　楊念劬譯自 Harper's

孩子們的故事　　　　　　　　譯自《紐約時報週刊》

搶救歐洲的藝術品　　　　　　（美）Sumner Crosby

　　　　　　　　　　　　　　朱旭譯自 1 月 20 日《紐約時報週刊》

紅都巡禮　　　　　　　　　　（英）Charles Ashleigh

　　　　　　　　　　　　　　西濛譯自 Everybody

自我輸血　　　　　　　　　　Edward M. Podoslky

　　　　　　　　　　　　　　齊昆譯自 3 月 Progress

做生意的美國兵　　　　　　　朱旭譯自《紐約時報週刊》

特種基金	譯自 Coronet
美國軍艦命名例	譯自 1945 年 10 月 Coronet
齊亞諾日記抄	施蟄存譯自 1945 年出版 《齊亞諾日記抄》
我替希特勒當兵	（捷）隱名氏 魏葑譯自 1945 年 Everybody
巴羅山上的窺天巨眼	（英）D. England 賀若璧譯自 1946 年 3 月 2 日 Everybody
紐約客談瀛錄	厲聲烈譯自 New York's Baedecker
八萬字小說	未署名
阿伯蘭醫生的魔匣	（美）Robert M. Yoder 齊昆譯自 3 月《星期六晚郵集刊》
美國的元首村	譯自《星期六晚郵集刊》
戰後的戀愛觀	（美）Clifford R. Adams 清波譯自 1946 年 2 月 American
葉納賽巴	譯自 Coronet
咖啡史話	（英）Donald R. Mather 罕因譯自 Everybody
愛因士坦逸聞	未署名
活時代小說：柏林在燃燒（上）	（德）Franz Hollering　周煦良譯

附錄三：施蟄存編《大晚報》副刊〈每週文學〉、〈剪影〉目錄

《大晚報》副刊：〈每週文學〉
出版時間：每週週五出版

第一期　1946 年 12 月 6 日

接編的話	蟄存（施蟄存）
黃河遠上白雲間	林庚
紀夢	施蟄存
我們要的是戀愛和錢	（美）沙洛揚　陳玫譯

第二期　1946 年 2 月 13 日

藹里斯隨筆抄	薛衡譯
船	郭成九

第三期　1946 年 12 月 20 日

本年諾貝爾獎獲得者　德國詩人郝塞	柳木下
菩提樹	郝爾曼郝塞　馬御風譯

第四期　1946 年 12 月 27 日

談六州歌頭	施蟄存
補遺	郝塞

菩提樹[1]	郝爾曼郝塞
	馬御風譯

第五期　1947 年 1 月 3 日

再亮些	編者
瑪麗亞	西班牙阿索林
	戴望舒譯
談晁次膺琵琶詞	施蟄存
詩一首	H・郝塞　止堂譯

第八期[2]　1947 年 1 月 31 日

窗（詩）	金克木
別人的故事	陳兆璋
希臘女詩人莎馥斷句	薇

第九期[3]　1947 年 4 月 4 日

關於格言	施蟄存
歌德文學語錄	李萬鵬
為了人群	宋蓮
希臘女詩人莎馥斷句	薇

---

[1] 編者說明：「上期因改用舊五號字，致小說〈菩提樹〉未及排完，茲補刊於此」。

[2] 上海圖書館藏《大晚報》缺 1947 年 1 月 9 日～1 月 24 日，因此可能缺施蟄存主編 1 月 10 日、1 月 17 日、1 月 24 日每週文學三期，但據後來施蟄存的總結文章（1947 年 5 月 30 日《大晚報》副刊「剪影」中署名蟄庵的〈接編的話〉）推斷這其中只出版了兩期。

[3] 《大晚報》於 1947 年 2 月 6 日～3 月 31 日休刊。

第十期　1947 年 4 月 11 日

《待旦錄》序	施蟄存
生命的舟	也耶
日暮	（波蘭）喀斯普洛微支
	陳玫譯

第十一期　1947 年 4 月 18 日

《聖女之歌》與迷信	米茲
時人評論	徐中玉
在太平洋街魯意茶室喝咖啡吃三明治	（美）沙洛揚　施蟄存譯

第十二期　1947 年 4 月 25 日

鄉間婚禮	袁三衍
幾時	（波蘭）M・羅曼諾夫斯基
	陳玫譯
在太平洋街魯意茶室喝咖啡吃三明治[4]	（美）沙洛揚　施蟄存譯

第十三期　1947 年 5 月 2 日

披花的少女	莫洛
致戀女（詩）	（波蘭）A・莫爾茲丁
	陳玫譯
路	吳風

---

[4]　編者說明：「本篇因上周不及刊完，為方便今後的讀者起見，特將全文重刊一遍」。

第十四期　1947 年 5 月 9 日

五四運動，其可再乎	施蟄存
高爾基給柴霍甫的信	文生譯
流星（詩）	金克木
少年維特之重讀	秋生

第十五期　1947 年 5 月 16 日

五四運動與大眾化	立晏
「鴉片」抄	（法國）約翰・高克多作
	薛衡譯
星夜（詩）	公丁
故居	吳風

第十六期　1947 年 5 月 23 日

念駱賓基	徐中玉
夢（詩）	晉雲
流浪人	（西班牙)巴羅哈　戴望舒譯

《大晚報》副刊：〈剪影〉
出版日期：除週一外每日出版

1947 年 5 月 30 日

從今晚開始	蟄庵
新詩拔萃：默禱	金克木
敏感	真琦
缺少了鏡子	小流
鬍子逸話	文殊奴
幽默話	

1947 年 6 月 1 日

所謂北方	東方愚
遲開的薔薇	更生
文人軼事：辜鴻銘之奇癖	野史
域外詩抄：小詩二章	（新希臘）Pantelis Prevelakis
幽默語	未署名

1947 年 6 月 3 日

迷惘	梁躅
一個炮臺的故事	石爽
湖樓紀事（舊體詩）	翟禪

1947 年 6 月 4 日

從皇帝到法官	江寒

女人是危險的	莎陀
新詩拔萃：靜穆的女郎	影心
煙	朱明

1947 年 6 月 5 日

蔡紹序——一個中國的聲樂家	但犁努
流氓小史	朱翠
死的呼聲	碧瑛
見桃花（舊體詩）	徐韜

1947 年 6 月 6 日

收麥的季節	卓冷
沁園春（詞）	季思
窗	石鈺
雲住樓談綺	蕭琅
域外詩抄：小說家	（英國）H. W. AUDEN

1947 年 6 月 7 日

華爾道夫——世界第一大飯店	石爽
江南之文	行
金錢	高剛
今詞載：西江月	沈尹默
拜星月？秦淮秋月	喬曾劬
繞佛閣海南七夕	前人

1947 年 6 月 8 日

小品三段	比爾盎利‧蜜殊
	曾瑩卿譯
夜歸	影心
剷除「小圈子主義」	李白鳳
新詩拔萃：蠟燭	公丁
愛神的數學（趣味題）	未署名

1947 年 6 月 10 日

一個朋友的婚姻觀	駱秉彝
西藏的賓禮	霞客
今詩載：得幼漁北平來書感其所言事因寄	沈尹默
紅厓酒集得裳字	喬曾劬
「愛神的數學」的說明	
（上期趣味題解答）	未署名
如夢錄（文言）	古矜龕

1947 年 6 月 11 日

我看「璿宮豔後」	華生
縴夫	導源
新詩拔萃：號兵	曹立衣
日常科學：晨霧與陽光	恒博
如夢錄（二）	古矜龕

1947 年 6 月 12 日

十年歸	孔斯丹
漏	真琦
今詩載：竹？？三十六年三月十三日作	王起（王季思）
如夢錄（三）	古矜龕

1947 年 6 月 13 日

象在南國	霞客
域外詩抄：到教堂去	（德國）未署名　劉暮霞譯
透氣	真琦
如夢錄（四）	古矜龕

1947 年 6 月 14 日

兩周編感	蟄庵（施蟄存）
賣餅人	（西班牙）阿索林　戴望舒譯
週末閒談：地毯之類	于康
文藝咖啡	華林
今詞載：霜葉飛	喬曾劬
尉遲杯　湘中水舟	前人
黃鸝繞碧樹　寄懷九月生	前人

1947 年 6 月 15 日

荒蕪了的緬甸公路	霞客
鮑喬笑話抄	羅平

你怎樣睡眠　　　　　　　　　　　　榴奈

改系──細該百靈君改變詩　　　　　仲葵

古墓銘之謎　　　　　　　　　　　　未署名

1947年6月17日

從五部書中看人生　　　　　　　　　醉楓

饑餓標本　　　　　　　　　　　　　叚良

小村滄桑　　　　　　　　　　　　　仲盾

時賢詩會：重過雞鳴寺題寄亮甫成　　殷孟倫

　　　　　仲凌君來書頻問歸期賦此奉酬　前人

　　　　　寄家書偶憶　　　　　　　　前人

　　　　　夜歸　　　　　　　　　　　前人

1947年6月18日

一人一名　　　　　　　　　　　　　石爽

澳門空軍的故事　　　　　　　　　　莊敏之

李商隱錦瑟詩臆談　　　　　　　　　振蒲

新詩拔萃：晚坐　　　　　　　　　　劉暮霞

1947年6月19日

大觀園裏的三個女性　　　　　　　　社世

征傭記　　　　　　　　　　　　　　湯普山

讀曲小記　　　　　　　　　　　　　德均

今詩載：薄暮步至友家　　　　　　　潘伯鷹

　　　　　絕句　　　　　　　　　　楊廷福（士則）

園　　　　　　　　　　　陳閔慧（仲陶）
觀音洞　　　　　　　　　前人

1947 年 6 月 20 日

讀者和編者：一封信及其引出來的廢話
　　　　　陳鵬曾先生來信
　　　　　編者跋語　　　　　蟄庵
手　　　　　　　　　　　　伊中
官僚化實例　　　　　　　　馨子

1947 年 6 月 21 日

傑克倫敦怎樣開始寫作的　　亦史
閒遊　　　　　　　　　　　振宜
今詞載：鷓鴣天　　　　　　章士釗（行嚴）
　　　　踏莎行　　　　　　沈尹默（秋明）
週末閒談：革命無益論　　　（法國）莫洛亞　華堂譯

1947 年 6 月 22 日

母親和白蘭花　　　　　　　小涵
賦得明日是端陽　　　　　　田武
又各增二字為七言　　　　　田武
迎春？──觀迎春曲有感　　懷善
「白蛇傳」的來源　　　　　勻君

1947 年 6 月 24 日

聖馬利諾：一個袖珍民主國	華列
談談「牆壁文字」	沈飲
浮生六記志疑	無逸
今詩載：山居懷陳仲陶	徐韜（曼略）

1947 年 6 月 25 日

還是抒情	昱火
人間亂草	戈散士
域外詩抄：貝殼	（英）詹姆士·史蒂芬思 薛蕙譯
浮生六記志疑（下）	無逸

1947 年 6 月 26 日

鋼琴	（美）沙洛揚 蟄庵譯
今詩載：題陳仲陶詩卷	陳曾壽
為謝稚柳題陳名山畫竹	廣生（久齋）
題念圍？	馬浮
美國解圍記	華列

1947 年 6 月 27 日

信	吳風
新詩拔萃：寄遠	富敏
花神	梁星

色變錄（上）　　　　　　　　小萬

1947 年 6 月 28 日

文感　　　　　　　　　　　　凡度
又一跋語　　　　　　　　　　蟄庵（施蟄存）
假如我們可以遊山　　　　　　彼蒂
權利　　　　　　　　　　　　沈啟
週末閒談：談天花板　　　　　愛居

1947 年 6 月 29 日

「十字架上」的郭沫若　　　　嘉蓮
開荒的悲劇　　　　　　　　　彼蒂
域外詩抄：旅途的盡處　　　　（英）亨襃特・吳爾甫
　　　　　　　　　　　　　　陳玫譯

發財　　　　　　　　　　　　馨予
色變錄（下）　　　　　　　　小萬

1947 年 7 月 1 日

擠的哲學　　　　　　　　　　力田
人壽七十　　　　　　　　　　祝明譯
今詞載：齊天樂　　　　　　　章士釗
　　　　念奴嬌　　　　　　　前人
　　　　今日事　　　　　　　前人
　　　　鷓鴣天　　　　　　　未署名
如夢錄（五）　　　　　　　　古矜龕

1947 年 7 月 2 日

談談寫詩	史蒂
新詩拔萃：摸索	宋建
靜靜的蘇州河	夢月
如夢錄（六）	古矜龕

1947 年 7 月 3 日

三隴花兒	蟄庵（施蟄存）
文人的悲哀	沈鶴齡
今詞載：題舒湮新著董曉宛劇本	趙熙
奉題陳子萬先生意園詩集	
兼示仲陶召南	林思進
次韻惕安巴縣秋日	徐韜

1947 年 7 月 4 日

亭子間獨白	散木
南洋風景畫	聖濤
新詩拔萃：世界	李白鳳
如夢錄（七）	古矜龕

1947 年 7 月 5 日

人性的毀滅	小流
黃茅白葦	蟄庵
今詩載：和陳梅生	陳曾壽

登鐵船峰望石門澗	夏敬觀
遊青玉峽	前人
游碧龍潭	前人
小說語妙	榕士
曲譴	蕭琅

1947 年 7 月 6 日

亭子間的獨白	散木
山中逢隱士	以東
新詩拔萃：夜行人	沈光源
如夢錄（八）	古矜龕

1948 年 7 月 8 日

倦旅	莫洛
談「雙肢體」	旭生
今詩載：？？？詩意為伯君題摘	程穆庵
過北山舊居	前人
曝背偶書	前人
晦室	前人
讀書隨筆：曾文正公的讀書法（一）	徐中玉

1947 年 7 月 9 日

一籬之隔	祝明
域外詩抄：一個又一個	（英）W. H 苔微思作
	蟄庵譯

南洋風土畫	聖濤
讀書隨筆：曾文正公的讀書法（二）	徐中玉
人生	高剛
莫查爾的樂譜	鈞尼（施蟄存）

1947 年 7 月 10 日

哭和笑	力田
傅？	莫洛
今詩載：坐涵碧樓望日月潭	殷孟倫
送峻齋之青島時方有？	
未可雲之樂	前人
奉寄千帆仁兄武漢大學	賴高翔
春日泛苕溪	施蟄存
沙溪晚眺見歸榕艇於數十逐流	前人
讀書隨筆：曾文正公的讀書法（三）	徐中玉
花的意義	紫微

1947 年 7 月 11 日

賽尚納為什麼專畫蘋果？	居延
德國人和森林	白莽
讀書隨筆：曾文正公的讀書法（四）	徐中玉
尺八	蕭琅

1947 年 7 月 12 日

談扇	石爽
紡車（詩）	方牧
讀書隨筆：曾文正公的讀書法（五）	徐中玉
週末閒談：論孔融	樊溫

1947 年 7 月 13 日

生活之路	旭生
振威和尚	樂觀
讀書隨筆：曾文正公的讀書法（六）	徐中玉
今詩載：收京八首	馮飛
尼采語錄：夜及音樂	堯士

1947 年 7 月 15 日

吸血蝙蝠	隆笙
「朝花」時期的梅川	嘉蓮
王八考	史冊
讀書隨筆：曾文正公的讀書法（七）	徐中玉
?里二首	老彭

1947 年 7 月 16 日

金錢	餘恨
二人行	凱蒂
一半兒	勻君
讀書隨筆：曾文正公的讀書法（八）	徐中玉

1947 年 7 月 17 日

峻阪	莫洛
南洋風土畫	聖濤
讀書隨筆：曾文正公的讀書法（九）	徐中玉

1947 年 7 月 18 日

詩島風光——南洋風土畫之七	聖濤
美麗的自殺	嘉蓮
讀書隨筆：曾文正公的讀書法（十）	徐中玉

1947 年 7 月 19 日

招股記	靜雪
吉檀耶黎	（印度）泰戮爾著
	歐陽微譯
週末閒談：房事	董瓠

1947 年 7 月 20 日

期待	沈啟
華羅庚教授的劍	晶安
海島	莫洛
也談寫作	鄉下人

1947 年 7 月 22 日

孤獨	方牧

南洋風土畫（八）　　　　　　　聖濤
軍人的「第二生命」　　　　　　越卒

1947 年 7 月 23 日

談文章的「氣」　　　　　　　　春草
白夜　　　　　　　　　　　　　莫洛
域外詩抄：可愛的祖國，你多　　（保加利亞）伊凡‧伐佐夫
　　　　　　　　　　　　　　　孫用譯

1947 年 7 月 24 日

蚯蚓　　　　　　　　　　　　　莫洛
吉檀耶黎　　　　　　　　　　　（印度）泰戡爾著　歐陽微譯
雲住樓談綺　　　　　　　　　　蕭琅
接吻在好萊塢　　　　　　　　　渺然

1947 年 7 月 25 日

雨景　　　　　　　　　　　　　歌牧
新聞的造成　　　　　　　　　　石爽
學店經營術　　　　　　　　　　葉子
托爾斯泰寓言集　　　　　　　　丁寧譯

1947 年 7 月 26 日

蛇與女人　　　　　　　　　　　文若
被噬者　　　　　　　　　　　　念鴻
從王敬軒到林琴南　　　　　　　徐鶴齡

1947年7月27日

國定課本二題	散木
憑眺	莫洛
孔子與窮	大風
新詩拔萃：夢歸	仲盾
小知錄	明？

1947年7月29日

綁匪小考	朱翠
眼睛與表情	雲青
求職記	中田

1947年7月30日

國際音標與其發明者	沈敏
夏夜	孔斯丹
香水	明
吉檀耶黎	（印度）泰穀爾著　歐陽微譯
雲住樓談綺	蕭琅

1947年7月31日

房子與太太	定聞
域外詩抄：玩偶	（英國）WH 戴薇思作
	施蟄存譯
孤島時期的詩壇	史蒂

1947 年 8 月 1 日

中學之道	葉枝
牡丹亭中的「番鬼」	東廓
莫札特的一生	亦史
與徐建佛晤談偶賦（舊體詩）	常鼕卿

1947 年 8 月 2 日

談《靜靜的頓河》	沈敏
歌德雋語	散木譯
理想的電影劇本	語齊
週末閒談：白居易與女伎	華堂

1947 年 8 月 3 日

亭子間獨白	散木
仲夏夜話	喬龍
人猿泰山──最賺錢的著作	波迪

1947 年 8 月 4 日

公共汽車眾生相	丹柯
祖父	史蒂
早熟的孩子	仲盾
入冤獄記（上）	嘉蓮

1947 年 8 月 5 日

火場速寫	楊平章
域外詩抄：夏夜小景	（美國）艾梅·羅薏兒女士作
	施蟄存譯
托爾斯泰寓言集	丁寧
入冤獄記（中）	嘉蓮

1947 年 8 月 6 日

國際飯店和大世界	葉子
小菩薩——瑞麗江邊的尤物	越卒
明月棹孤舟	冒疚齋
托爾斯泰寓言集	丁寧
入冤獄記（下）	嘉蓮

1947 年 8 月 8 日

野蠻民族的羞恥心理	越卒
一個美國兵的日本浴室蒙難記	萬岱譯
歌德雋語	散木
夏威夷的發現	沈敏

1947 年 8 月 9 日

最後的悲劇——看《龍鳳花燭》有感	個公
幸福的日子	孔斯丹

歌德雋語	散木譯
宋哲元的故事	拾翠生
關於遺？	李拓之

1947 年 8 月 10 日

好萊塢明星的經理人	緯真
火的故事	宇風
七娘子．題諸暨孫岩秀（舊體詩）	冒疚齋
失業者的一天	明耀

1947 年 8 月 12 日

離絕（小說）	（匈牙利）莫爾納著
	施蟄存譯
四君子語妙	文公
歌德雋語	散木譯

1947 年 8 月 14 日

椰子樹的來歷──南洋土人傳說	沈敏
我的圖章	廷佑
夜話	姚肯

1947 年 8 月 15 日

敘利亞的巫醫	亨琪
新詩拔萃：夢──給以為年輕的姑娘	鄭嬰
女人的腳	葉枝

1947 年 8 月 16 日

借米	祝明
貝里茲——一個世界聞名的語言學校	李泊
吉檀耶黎——頌神歌集	（印度）泰谷爾　歐陽微譯

1947 年 8 月 17 日

時間是一面鏡子	靜雪
奇怪的遺囑	小三
本性難移？	廷佑節譯
不吉的十三	明
美國的捐稅	明
編者小啟	編者

1947 年 8 月 19 日

你對男子瞭解多少？	唐文
比不得了！	林素
可憐的荷印人民	明
樂窮	夏嬰

1947 年 8 月 20 日

論桌子板凳	顯祺
蘇聯的外交姿態	非力
文憑	念鴻
文人無狀	嘉蓮

1947 年 8 月 21 日

人類飛行的第一天	亨琪
魯迅與周啟明	病衡
千字文	祝吾
國際大飯店（小說）	湯美

1947 年 8 月 23 日

掃帚星	歌牧
林肯的夢	唐文
菲吉島俗	卡塞
國際大飯店	湯美

1947 年 8 月 24 日

論擺架子	顯祺
河南路上	蔡正平
國際大飯店	湯美

1947 年 8 月 26 日

文學的我觀與物觀	春草
國際大飯店	湯美

1947 年 8 月 27 日

入區記	勞威原著　陳效肯譯

抒情文作者的煩惱	沈鶴齡
閒話蒔花（上）	季感之

1947 年 8 月 28 日

白話八股	寄奴
渡頭妹（舊體詩）	季思
閒話蒔花（下）	季感之
獨處的時候	（俄國）高爾基著　熙鳴譯
時裝業的領導者	明

1947 年 8 月 29 日

夏夜小品	曹玄衣
好萊塢印象	菀華
貓的話	（捷克）卻貝克作　沈敏譯
嘴巴與耳朵——打官話與聽官話的 徵稿啟事	野唱

1947 年 8 月 31 日

文境之「隱顯」與「隔不隔」	春草
瞎子與牛奶——托爾斯泰寓言第十五	丁寧
內疚	沈鶴齡
談婦女與職業	（捷克）卻貝克作　沈敏譯
《怒江》序	未署名

1947 年 9 月 2 日

風涼話	蟄庵（施蟄存）
大新娛樂場巡禮	鶴齡
湖上秋感	古矜龕
中國海盜	卡德威著　陳效肯譯

1947 年 9 月 3 日

智慧的旅行	歌牧
風涼話	蟄庵（施蟄存）
談結婚	（英國）勞勃林德著　俞晶譯
談婦女與職業	（捷克）卻貝克作　沈敏譯
正是為此	沈？

1947 年 9 月 4 日

壽大晚報	崔萬秋
怎樣選擇配偶	小呆
風涼話	雋波
新生（新詩）	富敏
神秘的小周	佐明
怒江	馮鐵軍

1947 年 9 月 5 日

為了祖國	王頑石
風涼話	豁倫

健忘	佐明
我何以不願回蘇聯	
──一個蘇聯母親的自白	楚芷譯
怒江	馮鐵軍

1947 年 9 月 6 日

談夢	（捷克）卻貝克作　沈敏譯
他們怎樣查郵件	越依
風涼話	蟄庵
在影戲院	正平
怒江	馮鐵軍

1947 年 9 月 7 日

橋的寓言	（英國）湯麥斯‧襄爾克作
	俞晶譯
父親	姍影
風涼話：上海的教授	忍冬
怒江	馮鐵軍

1947 年 9 月 9 日

風涼話：老人節	健廠
不笑的面孔	斯丹
「情」與「景」的分析	春草
怎樣保持一個動人的儀錶	唐文
怒江	馮鐵軍

1947 年 9 月 10 日

風涼話：付學費的早晨	曼
蚯蚓在美國	山道夫著　陳効肯譯
五百元	謝佐明
老鷹和鷂子	（波蘭）顯克微之著　熙鳴譯
颱風之歌（詩）	劉寄奴
怒江	馮鐵軍

1947 年 9 月 11 日

傷風	明濯
聖瑪利亞墓園的石像（上）	歌牧
飛來橫禍	（蘇聯）A・阿華欽科著
	唐文譯
妙手小志	明馳
怒江	馮鐵軍
此時此地（短章）	未署名

1947 年 9 月 12 日

聖瑪利亞墓園的石像（下）	歌牧
風涼話：取締！取締！	沈鶴齡
關於伏特加	蔡司頓著　陳効肯譯
過失	滄毅
怒江	馮鐵軍

1947 年 9 月 13 日

風涼話：受賄與行賄	蟄庵（施蟄存）
故鄉之戀二題	孔斯丹
魯迅的「沒有法子」	春草
生日	王頑石
怒江	馮鐵軍

1947 年 9 月 14 日

風涼話：債主眉眼	豁陀
荷蘭和水	明濯
人為什麼喜歡賭	馬漢著　陳效肯譯
月	聿夆
普式庚論「俗氣」	胡賓
怒江	馮鐵軍

參考文獻

1. 《北山散文集》施蟄存，華東師範大學出版社，2001 年

2. 《十年創作集》施蟄存，華東師範大學出版社，2001 年

3. 《施蟄存七十年文選》，施蟄存，上海文藝出版社，1996 年

4. 《沙灘上的腳跡》施蟄存，遼寧教育出版社，1995 年

5. 《施蟄存序跋》，施蟄存，東南大學出版社，2003 年

6. 《魯迅全集》，魯迅，人民文學出版社，1981 年

7. 《世紀老人的話——施蟄存卷》，林祥主編、採訪人沈建中，遼寧教育出版社，2003 年

8. 《晚期資本主義的文化邏輯》，（美）詹明信，北京三聯書店，1997 年

9. 《政治無意識》，（美）弗雷德里克·詹姆遜，中國社會科學出版社，1999 年

10. 《中國現代小說史》，夏志清，臺灣傳記文學出版社，1985 年

11. 《上海摩登》，李歐梵，北京大學出版社，2001 年

12. 《現代與現代主義》，弗雷德里克·R·卡爾，陳永國、傅景川譯，中國人民大學出版社，2004 年

13. 《跨語際實踐》，劉禾，三聯書店，2002 年

14. 《1928 革命文學》，曠新年，山東教育出版社，2002 年

15. 《文化理論研究讀本》，上海大學中國當代文化研究中心，2003 年

16. 《雪峰文集》，馮雪峰，人民文學出版社，1983 年

17. 《茅盾全集》，茅盾，人民文學出版社，2001 年

18. 《沈從文全集》，沈從文，北嶽文藝出版社，2002 年

19.《陳寅恪詩集》，陳寅恪，北京三聯出版社，1998 年

20.《慶祝施蟄存教授百年華誕文集》，華東師範大學中文系編，上海古籍出版社，2003 年

21.《雞尾酒時代的錄音者──〈現代〉雜誌》，張永勝，上海人民出版社，2003 年

22.《新教倫理與資本主義精神》，馬克斯‧韋伯，于曉、陳維綱等譯，三聯書店，1987 年

23.《靜庵文集》，王國維，遼寧教育出版社，1997 年

24.《死火重溫》，汪暉，人民文學出版社，2000 年

25.《中國現代主義尋蹤》，吳中傑、吳立昌，學林出版社，1995 年

26.《中國現代翻譯文學史》，謝天振、查明建，上海外語教育出版社，2004 年

27.《語言與翻譯的政治》，許寶強、袁偉選編，中央編譯出版社，2001 年

28.《知堂回想錄》，周作人，河北教育出版社，2002 年

29.〈施蟄存傳略〉，楊迎平，《新文學史料》2000 年第 4 期

30.〈施蟄存年表〉，黃德志、蕭霞，《淮陰師範學院學報》2003 年第 1 期

31.〈施蟄存著述年表〉，劉凌，《華東師範大學學報》2004 年第 2 期

32.《建國前上海地區文化報刊提要摘編》，祝均宙，上海市文化局，1992 年

33.《上海春秋》，曹聚仁，上海人民出版社，1996 年

34.《年輪──四十年代後半期的上海文學》，陳青生，上海人民出版社，2002 年

35.《民國日報‧覺悟》，1923 年 10 月 23 日

36.《大眾文藝》，1930 年 3 月 2 卷 3 期

37.《現代》，1932 年 5 月 1 卷 1 期──1934 年 6 卷 1 期

38.《文飯小品》，1935 年 2 月第 1 期──1935 年 7 月第 6 期

39.《新小說》，1935 年 2 月 1 卷 1 期──1935 年 5 月 1 卷 4 期

40.《國聞週報》，1935 年 11 月 12 卷 43 期——12 卷 46 期

41.《文學雜誌》，1937 年 6 月 1 卷 2 期

42.《文藝春秋》，1946 年 2 月 2 卷 3 期——1949 年 1 月 8 卷 1 期

43.《活時代》，1946 年 4 月第 1 期——1946 年 5 月第 3 期

44.《文匯報・文化街》，1946 年 5 月 1 日

45.《朝霧——文藝叢刊之四》，1945 年 6 月 1 日

46.《大晚報》，1946 年 5 月 10 日——1947 年 9 月 14 日

47.《幼獅文藝》，（臺灣）2001 年 6 月第 570 期

國家圖書館出版品預行編目

現代之後——施蟄存 1935～1949 年創作與思想初探/
王宇平著 . --　一版 . --臺北市：秀威資訊科技，
2008.05
　　面 ；　　　公分 . -- (語言文學類 ; PG0185)
　　ISBN 978-986-221-022-2(平裝)

1. 施蟄存　2. 現代小說　3. 文學評論

857.7　　　　　　　　　　　97009036

語言文學類　PG0185

《現代》之後
——施蟄存 1935～1949 年創作與思想初探

作　　者 / 王宇平
主　　編 / 蔡登山
發 行 人 / 宋政坤
執行編輯 / 黃姣潔
圖文排版 / 林蔚靜
封面設計 / 莊芯媚
數位轉譯 / 徐真玉　沈裕閔
圖書銷售 / 林怡君
法律顧問 / 毛國樑　律師
出版印製 / 秀威資訊科技股份有限公司
　　　　　台北市內湖區瑞光路 583 巷 25 號 1 樓
　　　　　電話：02-2657-9211　　　傳真：02-2657-9106
　　　　　E-mail：service@showwe.com.tw
經 銷 商 / 紅螞蟻圖書有限公司
　　　　　台北市內湖區舊宗路二段 121 巷 28、32 號 4 樓
　　　　　電話：02-2795-3656　　　傳真：02-2795-4100
　　　　　http://www.e-redant.com
2008 年 5 月 BOD 一版
定價：180 元

讀　者　回　函　卡

感謝您購買本書，為提升服務品質，煩請填寫以下問卷，收到您的寶貴意見後，我們會仔細收藏記錄並回贈紀念品，謝謝！

1. 您購買的書名：_____

2. 您從何得知本書的消息？

　　□網路書店　　□部落格　　□資料庫搜尋　　□書訊　　□電子報　　□書店

　　□平面媒體　　□ 朋友推薦　　□網站推薦　□其他_____

3. 您對本書的評價：(請填代號　1.非常滿意 2.滿意 3.尚可 4.再改進)

　　封面設計_____　版面編排_____　內容_____　文/譯筆_____　價格_____

4. 讀完書後您覺得：

　　□很有收獲　　□有收獲　　□收獲不多　　□沒收獲

5. 您會推薦本書給朋友嗎？

　　□會　□不會，為什麼？_____

6. 其他寶貴的意見：_____

_____

_____

_____

讀者基本資料

姓名：_____　年齡：_____　性別：□女 □男

聯絡電話：_____　E-mail：_____

地址：_____

學歷：□高中(含)以下　　□高中　　□專科學校　　□大學

　　　□研究所(含)以上　□其他_____

職業：□製造業 □金融業 □資訊業 □軍警 □傳播業 □自由業

　　　□服務業 □公務員 □教職　　□學生 □其他_____

To：114

台北市內湖區瑞光路 583 巷 25 號 1 樓

秀威資訊科技股份有限公司　　　收

寄件人姓名：

寄件人地址：□□□

- -

(請沿線對摺寄回,謝謝!)

秀威與 BOD

BOD（Books On Demand）是數位出版的大趨勢，秀威資訊率先運用 POD 數位印刷設備來生產書籍，並提供作者全程數位出版服務，致使書籍產銷零庫存，知識傳承不絕版，目前已開闢以下書系：

一、BOD 學術著作—專業論述的閱讀延伸
二、BOD 個人著作—分享生命的心路歷程
三、BOD 旅遊著作—個人深度旅遊文學創作
四、BOD 大陸學者—大陸專業學者學術出版
五、POD 獨家經銷—數位產製的代發行書籍

BOD 秀威網路書店：www.showwe.com.tw
政府出版品網路書店：www.govbooks.com.tw

永不絕版的故事・自己寫・永不休止的音符・自己唱